# AS HISTÓRIAS DE
# PAT HOBBY

# AS HISTÓRIAS DE PAT HOBBY

**F. SCOTT FITZGERALD**

**TRADUÇÃO**
Hilton Lima

Porto Alegre · São Paulo · 2022

**7**
**O DESEJO DE NATAL
DE PAT HOBBY**

**19**
**UM HOMEM
ATRAPALHANDO**

**27**
**BOTEM ÁGUA PARA FERVER...
MUITA ÁGUA!**

**35**
**A PARCERIA DE
UM GÊNIO**

**47**
**PAT HOBBY E
ORSON WELLES**

**57**
**O SEGREDO DE
PAT HOBBY**

65
**PAT HOBBY,
PAI PUTATIVO**

75
**AS MANSÕES
DAS ESTRELAS**

85
**PAT HOBBY
FAZ SUA PARTE**

95
**A PREMIÈRE DE
PAT HOBBY**

105
**NÃO CUSTA
TENTAR**

117
**UM CURTA
PATRIÓTICO**

123
NO RASTRO DE
PAT HOBBY

129
DIVERSÕES NO ATELIÊ DE
UMA ARTISTA

137
DOIS
VETERANOS

143
MAIS PODEROSO
QUE A ESPADA

151
PAT HOBBY NOS TEMPOS DA
UNIVERSIDADE

# O DESEJO DE NATAL
# DE PAT HOBBY

*PAT HOBBY'S CHRISTMAS WISH*
JANEIRO DE 1940

## I

Era véspera de Natal no estúdio. Por volta das onze da manhã, Papai Noel já tinha visitado a maior parte da enorme população local e distribuído mimos de acordo com o que cada um merecia.

Suntuosos presentes dos produtores para as estrelas, e dos agentes para os produtores, chegavam aos escritórios e aos bangalôs dos estúdios: em cada palco ouvia-se falar dos dissimulados presentes dos elencos para os diretores e dos diretores para os elencos; o champanhe tinha deixado o departamento de publicidade rumo à imprensa. E as gorjetas dos produtores, em notas de cinquenta, dez e cinco, caíam como maná sobre a classe dos funcionários.

Nesse tipo de transação havia exceções. Pat Hobby, por exemplo, que conhecia o jogo graças aos seus vinte anos de experiência, teve a ideia de se livrar da sua secretária um dia antes. Mandariam outra a qualquer momento, mas essa outra dificilmente esperaria ganhar um presente no seu primeiro dia.

Enquanto aguardava por ela, ele caminhou pelo corredor, lançando olhares para os escritórios abertos em busca de sinais de vida. Parou para conversar com Joe Hopper, do departamento de cenografia.

— Não é como nos velhos tempos — lamentou. — Naquela época tinha uma garrafa em cada mesa.

— Tem algumas por aí.

— Não muitas — Pat suspirou. — E depois a gente montava um filme, todo feito com os restos da sala de edição.

— Ouvi falar nisso. Tudo o que tinha sido rejeitado.

Pat concordou, movendo a cabeça, os olhos reluzindo.

— Ah, era um escândalo. Caramba, você quase se arrebentava de tanto rir...

Ele parou de falar quando a visão de uma mulher com um caderno na mão entrando no seu escritório no fim do corredor o lembrou do triste momento.

— Gooddorf me botou para trabalhar no feriado — ele reclamou, amargurado.

— Eu não aceitaria.

— Eu também não, mas as minhas quatro semanas terminam na próxima sexta e, se eu desobedecer, ele não vai renovar.

Quando ele se virou, Hopper sabia que Pat de qualquer forma não ganharia uma renovação. Ele tinha sido contratado para preparar o roteiro de um antiquado filme de bangue-bangue, e os rapazes que o "auxiliavam" na tarefa — isto é, que arrumavam o que ele escrevia — disseram que tudo era velho e que uma parte nem fazia sentido.

— Sou a Srta. Kagle — disse a nova secretária de Pat.

Ela tinha em torno de trinta e seis anos, era bonita, desbotada, cansada, eficiente. Foi até a máquina de escrever, examinou o equipamento, sentou-se e caiu no pranto.

Pat se sobressaltou. O autocontrole, no fundo, pelo menos, era a norma por ali. Já não era ruim o bastante estar no trabalho na véspera de Natal? Bom, não tão ruim quanto estar sem trabalho algum. Ele se pôs a caminhar e fechou a porta — alguém poderia desconfiar que ele estivesse insultando a mulher.

— Anime-se — ele aconselhou. — É Natal.

O rompante de emoção da Srta. Kagle esmoreceu. Ela agora estava com a postura correta, soluçando e enxugando os olhos.

— Nada é tão ruim quanto parece — ele garantiu para ela, pouco convincente. — O que é que foi afinal? Vão te mandar embora?

Ela sacudiu a cabeça, fungou para pôr um fim a outras fungadas e abriu o caderno.

— Para quem você tem trabalhado?

Ela respondeu por entre os dentes, que subitamente rangiam:

— Para o senhor Harry Gooddorf.

Pat arregalou seus olhos permanentemente injetados. Agora ele se lembrava de tê-la visto no escritório de Harry.

— Desde 1921. Dezoito anos. E ontem ele me mandou de volta para o departamento. Disse que eu o deprimia. Que eu o lembrava de que ele estava ficando velho — sua expressão era severa. — Não era isso que ele falava depois do trabalho, dezoito anos atrás.

— Pois é, ele não podia ver um rabo de saia naquela época — Pat disse.

— Eu devia ter feito alguma coisa quando tive a chance.

Pat sentiu uma justa excitação:

— Quebra de contrato? Não é uma boa ideia!

— Mas eu tinha um trunfo para resolver o assunto. Um trunfo maior do que uma quebra de contrato. Ainda tenho, inclusive. Mas, veja só, eu achei que estava apaixonada por ele — ela refletiu por um momento. — O senhor quer ditar alguma coisa agora?

Pat lembrou-se do seu trabalho e abriu o roteiro.

— É uma inserção — ele começou. — Cena 114 A.

Pat caminhou pelo escritório.

— Externa. Plano geral mostrando as planícies — decretou. — Buck e os mexicanos se aproximam da hyacenda.

— Se aproximando do quê?

— Da hyacenda. Do rancho — ele olhou para ela de um modo reprovador. — 114 B. Dois planos: Buck e Pedro. Buck: "Aquele filho da mãe miserável. Eu vou arrancar as tripas dele!".

A Srta. Kagle ergueu os olhos, espantada.

— Quer que eu escreva isso?

— Claro.

— Não vai passar.

— Eu estou escrevendo isso. É claro que não vai passar. Mas, se eu pôr "seu desgraçado", a cena não vai ter força nenhuma.

— Mas não vão mandar alguém mudar para "seu desgraçado"?

Ele a encarou; não queria trocar de secretária todo dia.

— Harry Gooddorf que se preocupe com isso.

— Você trabalha para o Sr. Gooddorf? — a Srta. Kagle perguntou no susto.

— Até ele me pôr na rua.

— Eu não devia ter falado nada...

— Não se preocupe — ele a tranquilizou. — Ele não é mais meu chapa. Não por trezentos e cinquenta por semana, sendo que eu antes recebia dois mil... Onde eu estava?

Ele caminhou pelo escritório novamente, repetindo a última fala com gosto. Mas agora ela parecia não se aplicar a um personagem da história, mas a Harry Gooddorf. De repente, ele parou em pé, perdido em pensamentos. — Diga, o que é que você tem dele? Sabe onde está a arma do crime?

— Isso é muito próximo da realidade para ser engraçado.

— Ele apagou alguém?

— Sr. Hobby, me desculpe por ter aberto a minha boca.

— Pode me chamar só de Pat. Qual o seu primeiro nome?

— Helen.

— Casada?

— No momento, não.

— Bom, escute, Helen: o que você diz de nós dois sairmos para jantar?

## II

Na tarde de Natal ele ainda estava tentando arrancar o segredo dela. O estúdio era quase que exclusivamente deles — apenas um número mínimo de técnicos marcava presença nos corredores e no refeitório. Eles trocaram presentes. Pat deu a ela uma nota de cinco dólares, Helen comprou um lenço de linho branco para ele. Ele recordava muito bem do tempo em que colhia dúzias desses lenços durante o Natal.

O roteiro avançava a passo de tartaruga, mas a amizade deles tinha amadurecido consideravelmente. O segredo dela, ele refletiu, era um recurso muito valioso, e ele pensou na quantidade de carreiras que deram guinadas com um recurso como esse. Algumas, ele tinha certeza, foram até alçadas à riqueza. Ora, era quase tão bom quanto fazer parte da família, e ele imaginou uma conversa hipotética com Harry Gooddorf.

*Harry, é o seguinte. Não acho que minha experiência esteja sendo bem aproveitada. São os pirralhos que deveriam escrever. O que eu deveria estar fazendo era supervisionar.*

*Ou...?*

*Ou então*, disse Pat com firmeza.

Ele estava no meio do seu devaneio quando Harry Gooddorf inesperadamente entrou na sala.

— Feliz Natal, Pat — ele disse, jovial. Seu sorriso tornou-se menos vigoroso quando viu Helen. — Ah, olá, Helen. Não sabia que você e Pat estavam trabalhando juntos. Encaminhei ao departamento de roteiros uma lembrança para você.

— Você não devia ter feito isso.

Harry se virou depressa para Pat.

— O chefe está pegando no meu pé — ele disse. — Preciso do roteiro pronto até quinta-feira.

— Bom, eu estou aqui — disse Pat. — Você vai receber. Eu já deixei você na mão?

— Frequentemente — disse Harry. — Frequentemente.

Ele parecia prestes a falar mais, mas um garoto de recados entrou com um envelope e o entregou para Helen Kagle — quando então Harry se virou e correu para fora.

— É bom mesmo que ele vá embora! — a Srta. Kagle desabafou, depois de abrir o envelope. — Dez dólares... Só *dez* dólares... De um executivo... Depois de dezoito anos.

Era a chance de Pat. Sentado na mesa dela, ele contou o seu plano.

— Os trabalhos mais tranquilos para você e para mim — ele disse. — Você vai ser a chefe de um departamento de roteiros; eu, um produtor associado. Vamos ficar com a vida mansa, chega de escrever, chega de bater tecla. Nós podemos até... Podemos até... Se as coisas derem certo, podemos até nos casar.

Helen hesitou por um longo tempo. Quando ela pôs uma nova folha na máquina de escrever, Pat teve medo de ter estragado tudo.

— Posso escrever de cabeça — ela disse. — Esta é a carta que ele mesmo datilografou em 3 de fevereiro de 1921. Ele a selou e me deu para pôr no correio... Mas tinha uma loira por quem ele estava interessado, e eu fiquei pensando por que ele ser tão sigiloso com aquela carta.

Helen datilografava conforme ia falando, e agora entregava um bilhete para Pat.

Para Will Bronson
First National Studios
*Particular*

> Caro Bill:
> Matamos o Taylor. Devíamos ter dado um jeito nele antes. Então que tal calar a boca?
>
> Sinceramente,
> Harry

— Entendeu? — Helen disse. — Em 1º de fevereiro de 1921, alguém apagou William Desmond Taylor, o diretor. E nunca encontraram o culpado.

## III

Por dezoito anos ela tinha guardado a nota original, com o envelope e tudo. Enviou somente uma cópia para Bronson, reproduzindo a assinatura de Harry Gooddorf.

— Meu bem, nós estamos feitos! — disse Pat. — Eu sempre achei que tinha sido uma *garota* que pegou o Taylor.

Estava tão extasiado que abriu o armário e pegou uma garrafinha de uísque. Então, por desencargo de consciência, questionou:

— Está guardada num lugar seguro?

— Com certeza. Ele nunca vai adivinhar onde.

— Meu bem, nós pegamos ele!

Dinheiro, carros, garotas e piscinas flutuavam em uma cintilante montagem diante dos olhos de Pat.

Ele dobrou o bilhete, colocou no bolso, tomou mais um gole e pegou o chapéu.

— Você vai falar com ele agora? — Helen quis saber com certa inquietação. — Ei, espere eu sair do estúdio. *Eu* não quero ser assassinada.

— Não se preocupe! Escute, eu te encontro no The Muncherie, na esquina da Quinta com a La Brea, em uma hora.

Ao caminhar até o escritório de Gooddorf, ele resolveu não mencionar fatos ou nomes entre as paredes do estúdio. No curto período em que havia chefiado um departamento de cenografia, Pat concebeu um plano para colocar um gravador de voz no escritório de cada roteirista. Assim, a lealdade deles para com os executivos do estúdio poderia ser checada várias vezes durante o dia.

A ideia foi recebida com risos. Porém, mais tarde, quando foi "rebaixado de volta a roteirista", ele com frequência se perguntava se haviam seguido seu plano secretamente. Talvez algum comentário indiscreto seu tivesse sido responsável pelas vacas magras que o acompanharam na última década. Assim, foi com a ideia de gravadores escondidos em mente, gravadores que poderiam ser acionados com o toque de um sapato, que ele entrou no escritório de Harry Gooddorf.

— Harry — ele escolheu as palavras com cuidado —, você se recorda da noite de 1º de fevereiro de 1921?

Um tanto perplexo, Gooddorf se reclinou na cadeira giratória.

— O quê?

— Tente lembrar. É uma coisa muito importante para você.

A expressão de Pat ao observar o seu amigo parecia a de um agente funerário ansioso.

— No dia 1º de fevereiro de 1921 — Gooddorf refletiu. — Não. Como eu vou me lembrar? Você acha que eu tenho um diário? Nem sei onde eu estava naquela época.

— Você estava bem aqui, em Hollywood.

— Provavelmente. Se você sabe, me diga.

— Você vai lembrar.

— Vamos ver. Eu cheguei na Costa Oeste quando tinha dezesseis anos. Trabalhei na Biograph até 1920. Será que eu estava fazendo comédias? É isso. Estava fazendo um filme chamado *Knuckleduster*... estava no set de filmagem, longe do estúdio.

— Você não ficou longe do estúdio o tempo todo. Esteve na cidade no dia 1º de fevereiro.

— Mas o que é isso? — Gooddorf questionou. — Um interrogatório?

— Não, mas tenho algumas informações sobre as coisas que você andou fazendo naquela data.

Gooddorf ficou com o rosto vermelho. Por um momento, parecia que iria jogar Pat para fora da sala, quando então ele se engasgou, lambeu os lábios e olhou fixo para a mesa.

— Ah — ele disse, e um minuto depois: — Mas não entendo por que esse assunto é da sua conta.

— É da conta de qualquer homem decente.

— E desde quando você é decente?

— Por toda a minha vida — disse Pat. — E, mesmo se não fosse, eu nunca fiz nada desse tipo.

— Uma ova! — disse Harry, com desprezo. — *Você* aparecer aqui com uma auréola na cabeça! Enfim, qual é a evidência?

É de se imaginar que você tenha uma confissão por escrito. Já esqueceram disso há muito tempo!

— Não os homens decentes — disse Pat. — E quanto a uma confissão por escrito: sim, eu tenho.

— Duvido. E duvido que seria aceita como prova em qualquer tribunal. Você foi enganado.

— Eu vi — disse Pat, cada vez mais confiante. — E é o suficiente para mandar você para a forca.

— Bom, meu Deus, se isso for levado ao público, vou escorraçar você desta cidade.

— Vai *me* escorraçar desta cidade.

— Não quero que isso seja levado a público.

— Então acho melhor você vir comigo. Sem falar com ninguém.

— Onde nós vamos?

— Conheço um bar onde podemos ter privacidade.

O The Muncherie estava de fato deserto, com exceção do barman e de Helen Kagle, que ocupava uma mesa, apreensiva. Quando Gooddorf a viu, a expressão no seu rosto mudou para uma de infinita reprovação.

— Mas que belo Natal este — ele disse —, com minha família em casa esperando por mim há uma hora. Quero saber qual é a ideia. Você disse que tem algo que eu escrevi.

Pat pegou o papel do seu bolso e leu a data em voz alta. Então, ergueu os olhos rapidamente:

— Isso é só uma cópia, portanto nem tente roubar.

Ele conhecia a técnica usada nesse tipo de cena. Quando a onda dos faroestes havia temporariamente cessado, ele trabalhou duro em filmes policiais.

— *Para William Bronson. Caro Bill: Matamos o Taylor. Devíamos ter dado um jeito nele antes. Então que tal calar a boca? Sinceramente, Harry* — Pat fez uma pausa, hesitante. — Você escreveu isso em 3 de fevereiro de 1921.

Silêncio. Gooddorf virou-se para Helen Kagle.

— *Você* fez isso? Eu ditei isso para você?

— Não — ela admitiu com uma voz apavorada. — Você mesmo escreveu. Eu abri a carta.

— Entendi. Bem, o que você o quer?

— Muito — Pat disse, sentindo-se satisfeito com o som da palavra.

— O que exatamente?

Pat iniciou a descrição de uma carreira adequada para um homem de quarenta e nove anos. Uma carreira brilhante. Ela se expandiu rapidamente em beleza e poder durante o tempo que ele levou para beber três doses grandes de uísque. Mas uma exigência foi repetida várias e várias vezes: ele queria ser efetivado como produtor no dia seguinte.

— Por que amanhã? — Gooddorf questionou. — Isso não pode esperar?

De repente havia lágrimas nos olhos de Pat, lágrimas de verdade.

— Hoje é Natal — ele disse. — É o meu desejo de Natal. Eu comi o pão que o diabo amassou. Esperei muito tempo.

Gooddorf levantou de repente.

— Não — ele disse. — Não vou te colocar como produtor. Não poderia fazer isso, em respeito à companhia. Prefiro enfrentar o julgamento.

Pat ficou boquiaberto.

— O quê? Não vai?

— Nenhuma chance. Prefiro ir para a forca.

Ele se virou, com o rosto severo, e começou a caminhar em direção à porta.

— Certo! — Pat falou bem alto. — É sua última chance.

Ele então se surpreendeu ao ver Helen Kagle saltar e sair correndo atrás de Gooddorf, tentando lançar os braços ao redor dele.

— Não se preocupe! — ela clamou. — Eu vou rasgar, Harry! Foi uma piada, Harry...

Sua voz morreu de uma forma um tanto quanto abrupta. Ela havia descoberto que Gooddorf estava tremendo de tanto rir.

— Qual é a graça? — ela quis saber, ficando cada vez mais irritada. — Você acha que eu não tenho o bilhete comigo?

— Ah, com certeza você tem — Gooddorf gargalhou. — Você tem, mas não é o que está pensando.

Ele voltou para a mesa, sentou e abordou Pat.

— Você sabe o que eu achei que significava aquela data? Achei que talvez fosse a data em que Helen e eu nos apaixonamos. Foi o que eu achei. E achei que ela ia criar encrenca por causa disso. Achei que ela tinha enlouquecido. Ela já se casou duas vezes desde então, e eu também.

— Isso não explica o bilhete — Pat disse com firmeza, mas com um sentimento de derrota. — Você admite que matou Taylor.

Gooddorf assentiu.

— Ainda acho que muitos de nós o matamos — ele disse. — Éramos uma turma da pesada: Taylor e Bronson e eu e metade dos rapazes que ganhavam uma grana preta. Por isso vários de nós nos reunimos e combinamos de ir com mais calma. O país estava esperando para condenar alguém. Tentamos fazer Taylor tomar cuidado, mas ele não quis saber de nada. Então, em vez de dar um jeito nele, nós o deixamos "seguir o seu caminho". E um canalha deu um tiro nele. Quem foi, eu não sei.

Ele se levantou.

— Da mesma forma que alguém deveria ter dado um jeito em *você*, Pat. Mas você era um cara divertido naquele tempo e, além do mais, éramos muito ocupados.

Pat deu uma fungada súbita.

— *Deram* um jeito em mim — ele disse. — E como.

— Mas tarde demais — disse Gooddorf, e acrescentou: — Você provavelmente tem um novo desejo de Natal a essa altura, e eu vou realizar para você. Não vou falar nada sobre esta tarde.

Quando ele saiu, Pat e Helen permaneceram sentados em silêncio. Em seguida, Pat pegou a carta novamente e a olhou.

— Então que tal calar a boca? — ele leu em voz alta. — Ele não explicou isso.

— Que tal calar a boca? — Helen disse.

# UM HOMEM ATRAPALHANDO

*A MAN IN THE WAY*
FEVEREIRO DE 1940

## I

Pat Hobby sempre conseguia entrar no estúdio. Tinha trabalhado lá por quinze anos, indo e vindo — mais indo do que vindo nos últimos cinco anos —, e a maior parte dos seguranças do estúdio o conheciam. Se os vigias durões pedissem para ver o crachá, ele arranjava um jeito de passar após telefonar para Lou, o bookmaker. É que também para Lou o estúdio havia sido um lar por muitos anos.

Pat tinha quarenta e nove. Era roteirista, mas nunca escreveu muita coisa, ou tampouco leu todos aqueles "originais" que serviam de base para o seu trabalho, pois sua cabeça doía quando lia demais. Nos velhos tempos do cinema mudo, você juntava a trama de uma outra pessoa com uma secretária esperta e, à base de benzedrina, despejava nela uma "estrutura" durante seis ou oito horas toda semana. O diretor se encarregava das piadas. Depois que vieram os filmes falados, ele sempre trabalhou em parceria com algum sujeito que escrevia o diálogo. Um sujeito jovem que gostasse de trabalhar.

— Ninguém tem uma lista de créditos como a minha — ele disse a Jack Berners. — Tudo o que eu preciso é de uma ideia e trabalhar com alguém que não seja muito verde.

Ele encurralou Jack na saída do escritório de produção quando ele estava indo almoçar e os dois caminharam juntos na direção do refeitório.

— Você precisa me trazer uma ideia — disse Jack Berners. — Estamos no aperto. Só podemos dar um salário para uma pessoa se ela trouxer uma ideia.

— Como você vai ter ideias sem um salário? — Pat questionou, e então acrescentou de improviso: — Escuta, eu tenho uma ideia embrionária e posso te passar tudo sobre ela no almoço.

Alguma coisa poderia aparecer para ele durante o almoço. Havia a ideia de Baer sobre o escoteiro. Mas Jack disse alegremente:

— Vou me encontrar com uma garota no almoço, Pat. Escreva e mande me entregar, ok?

Ele se sentiu cruel, pois sabia que Pat não conseguiria escrever nada, mas ele próprio estava tendo dificuldade com os roteiros. A guerra tinha acabado de explodir e todos os produtores do estúdio queriam terminar os seus roteiros com o herói indo para o conflito. Jack Berners achou que havia sido o primeiro a pensar nisso para as suas produções.

— Enfim, escreva, ok?

Quando não houve resposta de Pat, Jack olhou para ele — enxergou uma certa penúria abatida no olhar de Pat, que lembrou o seu próprio pai. Pat já era endinheirado quando Jack não tinha ainda nem saído da faculdade — com três carros e uma franguinha em cada garagem. Agora suas roupas davam a impressão de que ele estava perambulando pela esquina da Hollywood com a Vine pelos últimos três anos.

— Pesquise por aí e fale com os roteiristas do estúdio — ele disse. — Se conseguir fazer com que um deles se interesse pela sua ideia, me traga essa pessoa para conversar.

— Eu odeio dar uma ideia sem um dinheiro na jogada — Pat lamentou com pessimismo. — Esses fedelhos puxam o seu tapete.

Eles chegaram à porta do refeitório.

— Boa sorte, Pat. Pelo menos não estamos na Polônia.

— Que bom que *você* não está lá — Pat disse em voz baixa. — Iam cortar a sua goela.

O que se faz agora? Ele subiu e caminhou ao longo do bloco dos roteiristas. Quase todo mundo havia ido almoçar e aqueles que tinham permanecido ele não conhecia. Surgiam cada vez mais rostos estranhos. E ele tinha trinta créditos; tinha trabalhado na indústria cinematográfica, na publicidade e na redação de roteiros por vinte anos.

A última porta do corredor pertencia a um homem de quem ele não gostava. Mas precisava de um lugar para se sentar por um minuto, então bateu na porta e já foi entrando na sequência. O homem não estava lá, somente uma garota muito bonita de aparência frágil, lendo um livro.

— Acho que ele foi embora de Hollywood — ela disse, respondendo a pergunta dele. — Eles me deram a sala, mas se esqueceram de pôr meu nome.

— Você é roteirista? — Pat perguntou, surpreso.

— Trabalho na área.

— Você deveria pedir para eles te darem um teste de atuação.

— Não, eu gosto de escrever.

— O que você está lendo?

Ela mostrou para ele.

— Vou te dar uma dica — ele disse. — Esse não é o jeito certo de capturar a essência de um livro.

— Ah.

— Estou há anos aqui. Sou Pat Hobby, e eu *sei*. Dê o livro para quatro amigos seus lerem. Peça para eles te dizerem o que marcou a memória deles. Escreva e você vai ter um filme. Entendeu?

A garota sorriu.

— Bom, é um conselho muito... Muito original, Sr. Hobby.

— Pat Hobby — ele disse. — Posso ficar aqui um pouco? O homem que eu vim ver está almoçando.

Ele sentou na frente dela e pegou um exemplar de uma revista fotográfica.

— Ah, me deixe fazer uma anotação nisso aí — ela disse rápido.

Ele olhou a página que ela marcou. Mostrava pinturas sendo colocadas em caixas e levadas embora de uma galeria de arte na Europa.

— Como você vai usar isso? — ele perguntou.

— Bom, pensei que seria dramático se houvesse um velho enquanto eles encaixotavam as pinturas. Um velho pobre, tentando arrumar trabalho como ajudante. Mas eles não podem usá-lo, ele está atrapalhando, não serve nem para bucha de canhão. Eles querem gente jovem e forte no mundo. E eis que ele é o homem que pintou todos aqueles quadros, muitos anos atrás.

Pat refletiu.

— É bom, mas não entendo — ele disse.

— Ah, não é nada, talvez um curta.

— Tem boas ideias para uns filmes? Estou em contato com todos os mercados aqui.

— Tenho um contrato.

— Use outro nome.

O telefone dela tocou.

— Isso, aqui é Priscilla Smith — a garota disse.

Após um minuto, ela se virou para Pat.

— Você pode me dar licença? É uma ligação particular.

Ele entendeu o recado e saiu da sala, depois caminhou pelo corredor. Ao encontrar um escritório sem nome, entrou e adormeceu no sofá.

## II

No final daquela tarde ele retornou à sala de espera de Jack Berners. Teve uma ideia: um homem que encontra uma garota num escritório e acredita que ela é estenógrafa quando na verdade ela é roteirista. Ele a contrata como estenógrafa, no entanto, e os dois partem para os mares do sul. Era um começo, era algo para contar a Jack, pensou — e, imaginando Priscilla Smith, repaginou um negócio antigo que ele não via sendo utilizado há anos.

Pat ficou bastante animado; se sentiu jovem por um momento e caminhou de um lado para o outro na sala de espera, ensaiando mentalmente a primeira sequência. *Então, temos aqui uma situação como em* Aconteceu naquela noite, *só que nova. Imagino Hedy Lamarr...*

Ah, ele sabia como falar com esses rapazes se conseguisse chegar até eles, com algo a dizer.

— O Sr. Berners ainda está ocupado? — ele perguntou pela quinta vez.

— Sim, Sr. Hobby. O Sr. Bill Costello e o Sr. Bach estão lá dentro.

Ele pensou rápido. Eram cinco e meia da tarde. Nos velhos tempos, houve vezes em que ele simplesmente entrou na sala e vendeu uma ideia, uma ideia que valia alguns milhares, porque era justamente o momento em que eles estavam ficando muito cansados do que estavam fazendo naquela hora.

Ele saiu da sala bem inocente e entrou em outra porta no corredor. Sabia que levava a um banheiro que dava exatamente para o escritório de Jack Berners. Tomando um fôlego ligeiro, ele se jogou...

— ... então, essa é a ideia central — ele concluiu após cinco minutos. — É só um esboço, nada pronto ainda, mas me dando um escritório e uma garota eu posso trazer algo em papel dentro de três dias.

Berners, Costello e Bach nem precisaram olhar um para o outro. Berners falou por todos eles ao dizer, seguro e com gentileza:

— Isso não é uma ideia, Pat. Não posso te dar um salário por isso.

— Por que você não tenta desenvolver isso melhor sozinho? — sugeriu Bill Costello. — E aí nós vemos. Estamos atrás de ideias, principalmente sobre a guerra.

— Um homem pensa melhor com um salário — disse Pat.

Veio um silêncio. Costello e Bach haviam bebido com ele, jogado pôquer com ele, ido a corridas de cavalo com ele. Sinceramente, gostariam de vê-lo empregado.

— A guerra, hein? — ele disse, pesaroso. — Tudo é guerra agora, não importa quantos créditos o sujeito tem. Sabe no que isso me faz pensar? Num pintor famoso sendo descartado. Estamos em guerra e ele é inútil, é só um homem atrapalhando — ele se animou com essa concepção de si mesmo. — Mas a todo instante estão levando embora as pinturas *dele mesmo* como se fossem a coisa mais valiosa a ser guardada. E eles nem me deixam ajudar. É o que isso me faz lembrar.

Veio de novo o silêncio por um momento.

— Essa ideia não é ruim — Bach disse, pensativo. Ele se virou para os outros: — Quero dizer, na sua essência.

Bill Costello assentiu.

— Não é ruim mesmo. E eu sei onde podemos encaixar isso aí. Bem no final da quarta sequência. É só trocar o velho Ames por um pintor.

Logo em seguida discutiram valores.

— Vou te dar duas semanas para trabalhar nisso — Berners disse para Pat. — Por duzentos e cinquenta.

— Duzentos e cinquenta! — Pat protestou. — Teve um tempo que você me pagava dez vezes esse valor!

— Isso foi há dez anos — Jack lembrou. — Desculpe. É o melhor que a gente pode fazer agora.

— Você faz com que eu me sinta como aquele velho pintor.

— Não exagere na venda... — disse Jack, levantando-se e sorrindo. — Você está empregado.

Pat saiu com um passo apressado e confiança nos olhos. Quinhentos dólares — isso tiraria a pressão por um mês e sempre era possível transformar duas semanas em três, às vezes em quatro.

Deixou o estúdio orgulhosamente pela entrada da frente, parando em uma loja de bebidas para comprar uma garrafinha de uísque para levar de volta para sua sala.

Por volta das sete horas, as coisas estavam melhores ainda. Santa Anita amanhã, se ele conseguisse um adiantamento. E hoje à noite... algo festivo deveria ser feito hoje à noite. Num súbito rompante de prazer, ele foi até o telefone no corredor, ligou para o estúdio e pediu pelo número da Srta. Priscila Smith. Há anos que ele não conhecia uma mulher tão atraente...

No seu apartamento, Priscilla Smith falou em um tom bastante firme ao telefone.

— Lamento muito — ela disse. — Mas eu não poderia... Não... E vou estar ocupada pelo resto da semana.

Quando ela desligou, Jack Berners perguntou do sofá:

— Quem era?

— Ah, um homem que apareceu na minha sala — ela riu — e me falou para nunca ler a história na qual eu estivesse trabalhando.

— Será que eu devo acreditar em você?

— Com certeza deve. Vou inclusive tentar me lembrar do nome dele num minuto. Mas antes queria te contar uma ideia que eu tive hoje pela manhã. Eu estava olhando uma foto numa revista, onde uma equipe empacotava algumas peças de arte na Galeria Tate em Londres. E aí eu pensei...

# BOTEM ÁGUA PARA FERVER...
# MUITA ÁGUA!

*"BOIL SOME WATER — LOTS OF IT"*
MARÇO DE 1940

P at Hobby sentou no seu escritório no prédio dos roteiristas e olhou para a tarefa daquela manhã, tendo recém voltado do departamento de roteiros. Estava fazendo um trabalho de "revisão", praticamente o único tipo de trabalho que ele conseguia atualmente. Precisava arrumar uma sequência confusa às pressas, mas a palavra "pressa" não o intimidava e tampouco o inspirava, pois Pat estava em Hollywood desde os trinta anos — tinha quarenta e nove agora. Todo o trabalho que havia feito naquela manhã (com exceção de algumas pequenas mudanças nas falas para que pudesse dizer que eram suas), tudo o que realmente tinha inventado era uma única frase imperativa, falada por um médico:

*Botem água para ferver... Muita água.*

Era uma boa fala. Brotara na sua mente já pronta assim que ele havia lido o roteiro. Nos velhos tempos dos filmes mudos, Pat usaria essas palavras como um letreiro explicativo e trocaria suas preocupações com o diálogo por um espaço em branco, mas ele precisava de algumas falas para as outras pessoas na cena. Nada lhe ocorreu.

— Botem água para ferver — ele repetiu para si mesmo. — Muita água.

A palavra ferver trouxe uma rápida e alegre lembrança do restaurante. Uma lembrança respeitosa também — porque, para um veterano como Pat, era mais importante se dar bem com quem lhe acompanhava no almoço do que com as coisas que você ditava no escritório. Isso não era uma arte, ele costumava dizer, era uma indústria.

— Isso não é arte — ele comentou com Max Leam, que casualmente tomava água no bebedouro do corredor. — É uma indústria.

Max tinha quebrado um oportuno galho para ele ao arranjar três semanas de trabalho a trezentos e cinquenta dólares.

— Diga lá, Pat! Já tem algo no papel?

— Eu já tenho algo que vai fazer com que eles se... — e ele mencionou uma conhecida função biológica com a confiança um tanto surpreendente de que ela aconteceria na sala de cinema.

Max tentou avaliar a sinceridade do interlocutor.

— Quer ler para mim agora? — perguntou.

— Ainda não. Mas tem aquela coragem das antigas, se é que você me entende.

Max estava cheio de dúvidas.

— Bom, continue. E se você encontrar qualquer dificuldade com a medicina, dê uma conferida com o médico na Enfermaria. Tem que estar tudo correto.

O espírito de Pasteur reluziu firme no olhar de Pat.

— Vai estar.

Ele se sentia bem caminhando pelo estúdio com Max — tão bem que decidiu se grudar no produtor e sentar com ele na

Grande Mesa. Max, porém, frustrou essa intenção murmurando um "até mais tarde" e escapando rumo à barbearia.

Houve um tempo em que Pat foi uma figura conhecida na Grande Mesa; por diversas vezes, na sua era de ouro, ele chegou a jantar nas cantinas reservadas aos executivos. Por ser da Hollywood do passado, ele entendia suas piadas, suas vaidades e sua hierarquia social, com as repentinas oscilações. Mas havia muitos rostos novos na Grande Mesa agora — rostos que o olhavam com a universal desconfiança de Hollywood. Nas pequenas mesas, onde sentavam os jovens roteiristas, eles pareciam levar o trabalho muito a sério. Quanto a sentar em qualquer lugar, mesmo com as secretárias ou com os figurantes, Pat preferia comprar um sanduíche na esquina.

Desviando até a estação da Cruz Vermelha, ele pediu para ver o médico. Uma garota, enfermeira, o atendeu por um espelho na parede, que ela usava para apressadamente pintar a boca.

— Ele não está. O que seria?

— Ah, eu volto depois.

Ela terminou e então se virou, vívida e jovem, com um sorriso brilhante e consolador.

— A Srta. Stacey vai te atender. Eu estou de saída para o almoço.

Ele teve a consciência de um sentimento antigo, muito antigo — resquício de um tempo quando foi casado —, um sentimento de que convidar essa jovem beldade para almoçar poderia causar encrenca. Mas lembrou de imediato que agora ele não tinha nenhuma esposa — ambas haviam desistido de pedir pensão a ele.

— Estou trabalhando num filme de médico — ele disse. — Preciso de ajuda.

— Um filme de médico?

— Estou escrevendo, é uma ideia sobre um doutor. Escute, me deixe te pagar um almoço. Quero te fazer algumas perguntas sobre os médicos.

A enfermeira hesitou.

— Eu não sei. É meu primeiro dia aqui.

— Não tem problema — ele garantiu a ela. — Os estúdios são democráticos, todo mundo aqui é gente simples, dos figurões aos ajudantes.

Ele provou seu argumento de forma magnífica no caminho para o almoço, quando cumprimentou um astro do cinema e recebeu o seu próprio nome de volta como resposta. E no restaurante, onde se sentaram perto da Grande Mesa, o seu produtor Max Leam ergueu o rosto, gesticulou um breve "olá" e piscou o olho.

A enfermeira — o nome dela era Helen Earle — olhava ao redor, muito curiosa.

— Não vejo ninguém — ela disse. — A não ser... Ah, lá está Ronald Colman. Não sabia que Ronald Colman tinha essa aparência.

Pat apontou para o chão de repente:

— E ali está o Mickey Mouse!

Ela pulou e Pat riu da sua piada — mas Helen Earle já olhava deslumbrada para os figurantes fantasiados que lotavam o salão com as cores do Primeiro Império. Pat ficou irritado ao ver o interesse dela migrar para aquela gente sem importância.

— Os figurões ficam todos nessa mesa aqui ao lado — ele disse, solene e saudoso. — Só os diretores e os maiores executivos. Eles podem mandar o Ronald Colman passar as calças deles. Eu costumo sentar lá, mas eles não gostam de mulheres. No almoço, eu quero dizer, não gostam da companhia de mulheres no almoço.

— Ah — Helen disse, educada, porém pouco impressionada. — Ser roteirista deve ser maravilhoso também. É tão interessante.

— Tem seus momentos — ele disse, embora tenha pensado durante anos que era uma vida de cachorro.

— O que você queria me perguntar sobre os médicos mesmo?

Eis a labuta de novo. Houve um estalo na mente de Pat ao se lembrar da história.

— Pois bem, Max Leam... Aquele homem sentado ali na frente... Max Leam e eu temos um roteiro sobre um médico. Sabe? Como se fosse um filme de hospital?

— Sei — e acrescentou após um momento: — É por esse motivo que fiz o treinamento.

— E tem que estar *correto*, porque cem milhões de pessoas vão verificar. Então esse médico, no roteiro, ele manda ferver água. Ele diz: "Botem água para ferver... Muita água". E nós estávamos nos perguntando o que as pessoas fariam depois disso.

— Ora, provavelmente iam pôr a água para ferver — Helen disse, e então, um tanto confusa com a questão: — Que pessoas?

— A filha de alguém, o homem que mora lá, um advogado e o homem que ficou ferido.

Helen tentou processar a informação antes de responder.

— E um outro cara que eu vou cortar — ele concluiu.

Houve uma pausa. A garçonete pôs sanduíches de atum sobre a mesa.

— Bom, quando um médico dá ordens, elas são ordens — Helen decidiu.

— Hum — o interesse de Pat migrou para uma estranha cena na Grande Mesa enquanto ele perguntava distraidamente: — Você é casada?

— Não.

— Eu também não.

Ao lado da Grande Mesa havia um figurante parado. Um cossaco russo com um bigode ameaçador. Ele ficou em pé, repousando a mão em uma cadeira vazia entre o Diretor Paterson e o Produtor Leam.

— Este lugar está ocupado? — ele perguntou, com um sotaque carregado do leste europeu.

Por toda a Grande Mesa, rostos o encararam subitamente. Até o primeiro olhar, a suposição era a de que ele deveria ser um ator conhecido. Mas não era — estava vestido com um dos uniformes multicoloridos que pontilhavam o salão.

Alguém na mesa disse "está ocupado", mas o homem puxou a cadeira e sentou.

— Tenho que comer em algum lugar — comentou sorrindo.

Um calafrio correu pelas mesas vizinhas. Pat Hobby observou com a boca entreaberta. Era como se alguém tivesse desenhado o Pato Donald em *A última ceia*.

— Veja só aquilo — ele alertou Helen. — O que vão fazer com ele! Minha nossa!

O silêncio perplexo na Grande Mesa foi quebrado por Ned Harman, o gerente de produção.

— Esta mesa está reservada — ele disse.

O figurante ergueu seus olhos do cardápio.

— Disseram que eu poderia sentar em qualquer lugar.

Ele chamou a garçonete, que hesitou, buscando uma resposta no rosto dos seus superiores.

— Os figurantes não almoçam aqui — disse Max Leam, ainda educadamente. — Aqui é...

— Tenho que comer — disse o cossaco, teimoso. — Fiquei seis horas em pé enquanto eles filmavam essa porcaria e agora eu tenho que comer.

O silêncio se prolongou — do ângulo de Pat, tudo em volta parecia estar suspenso no ar.

O figurante balançou a cabeça, cansado.

— Não sei quem bolou isso... — ele disse, e Max Leam se sentou mais à frente na cadeira. — Mas é a pior bomba que já vi filmarem em Hollywood.

Na sua mesa, Pat pensava: por que não fazem nada? Deem uma pancada nele, arrastem o sujeito para fora. Se eles amarelassem, mesmo assim poderiam chamar os seguranças do estúdio.

— Quem é aquele ali? — Helen Earle acompanhava os olhos dele com inocência. — É alguém que eu deveria saber quem é?

Pat escutava atentamente a voz de Max Leam, que subiu para um tom enraivecido.

— Levante e caia fora, amigão. Caia fora rápido!

O figurante fez uma careta.

— Quem está mandando? — ele questionou.

— Vou te mostrar — Max chamou a atenção de toda a mesa. — Onde está Cushman, onde está o encarregado do pessoal?

— Se você tentar me expulsar — disse o figurante, tirando da bainha o cabo da espada até o nível da mesa —, vou pendurar isso aqui na sua orelha. Conheço os meus direitos.

Os mais de dez homens sentados à mesa, representando mil dólares por hora em salários, ficaram parados, aturdidos. Próximo da porta, um dos seguranças do estúdio percebeu o que estava acontecendo e começou a abrir caminho em meio ao salão lotado. E Big Jack Wilson, outro diretor, ficou de pé num instante, dando a volta ao redor da mesa.

Mas eles demoraram muito — Pat Hobby não aguentou mais. Ele pulou, agarrando uma grande e pesada bandeja de uma mesa de serviço lateral. Com dois impulsos ele alcançou a cena da ação e, levantando a bandeja, ele desceu a mão sobre a cabeça do figurante com toda a força dos seus quarenta e nove anos. O figurante, que estava se levantando para enfrentar a ameaça de ataque de Wilson, levou o golpe bem no rosto e nas têmporas e, ao desabar, uma dezena de raios vermelhos saltou à vista por sobre a pesada maquiagem teatral. Ele se estatelou de lado, em meio às cadeiras.

Pat ficou sobre ele, ofegante, com a bandeja nas mãos.

— Que cachorro ordinário! — ele gritou. — Onde ele pensa que...

O guarda do estúdio passou à frente, Wilson passou à frente. Dois homens horrorizados de outra mesa correram para avaliar a situação.

— Era uma brincadeira! — um deles gritou. — Esse homem é Walter Herrick, o roteirista. É o filme dele.

— Meu Deus!

— Ele estava pregando uma peça em Max Leam. Era uma brincadeira, estou falando!

— Tirem ele daí... Chamem um médico... Cuidado aí!

Agora Helen Earle veio correndo; Walter Herrick foi arrastado para um local aberto no chão e houve gritos de "quem fez isso?, quem acertou a cabeça dele?".

Pat largou a bandeja sobre uma cadeira, com o barulho passando despercebido em meio à confusão.

Ele viu Helen Earle trabalhando agilmente na cabeça do homem com uma pilha de guardanapos limpos.

— Por que fizeram isso com ele? — alguém berrou.

Pat encontrou os olhos de Max Leam, que calhou de desviar a atenção bem naquele momento, e um sentimento de injustiça tomou conta de Pat. Somente ele naquela crise, real ou imaginária, tinha *agido*. Somente ele tinha sido homem, enquanto aqueles almofadinhas se deixaram ser insultados e abusados. E agora ele teria que levar a culpa — porque Walter Herrick era poderoso e popular, um homem que ganhava três mil dólares por semana e era o roteirista de espetáculos de sucesso em Nova Iorque. Como é que alguém iria adivinhar que aquilo era uma brincadeira?

Havia um médico agora. Pat viu o doutor falar algo para a gerente, e a voz estridente dela fez as garçonetes se espalharem como folhas em direção à cozinha.

— Botem água para ferver! Muita água!

As palavras soaram bárbaras e irreais à alma sobrecarregada de Pat. Mas, mesmo que agora ele pudesse descobrir em primeira mão o que viria em seguida, não achou que poderia ir adiante a partir dali.

# A PARCERIA DE
# UM GÊNIO

**TEAMED WITH GENIUS**
ABRIL DE 1940

### I

— Eu me arrisquei ao chamar você — disse Jack Berners. — Mas tenho um trabalho que *talvez* você possa ajudar.

Ainda que Pat Hobby não tivesse ficado ofendido, fosse como homem ou como roteirista, um protesto formal se fazia necessário.

— Eu estou na indústria há quinze anos, Jack. Tenho mais créditos que a quantidade de pulgas em um cachorro.

— Talvez eu tenha escolhido a palavra errada — disse Jack. — O que eu quero dizer é que isso foi há muito tempo atrás. Quanto ao dinheiro, vamos te pagar o que a Republic te pagou no mês passado, trezentos e cinquenta por semana. Agora me diga, você já leu alguma coisa de René Wilcox?

O nome não era familiar. Pat mal abriu um livro na última década.

— Ela é muito boa — ele arriscou.

— É um homem, um dramaturgo inglês. Só está aqui em Los Angeles por causa da saúde. Bom, nós ficamos remando em um filme sobre o balé russo por um ano, foram três roteiros ruins nisso aí. Então na semana passada contratamos René Wilcox, porque ele parecia ser exatamente quem estávamos procurando.

Pat ponderou.

— Você quer dizer que ele é...

— Não sei e não me interessa — Berners interrompeu bruscamente. — Achamos que vai ser possível usar Vera Zorina, então queremos ser rápidos, preparar um roteiro final em vez de só um tratamento. Wilcox é inexperiente e é aí que você entra. Você costumava ser bom de estrutura.

— *Costumava* ser bom!

— Tudo bem, talvez você ainda seja — Jack sorriu radiante com o momentâneo incentivo. — Arranje uma sala e trabalhe com Wilcox.

Quando Pat estava de saída, ele o chamou de volta e pôs uma nota de dinheiro na sua mão:

— Antes de mais nada, arrume um chapéu novo. Você costumava fazer sucesso com as secretárias aqui nos velhos tempos. Não desista aos quarenta e nove!

No prédio dos roteiristas, Pat deu uma espiada no painel de informações no corredor e bateu na porta da sala 216. Não houve resposta, mas ele entrou e se deparou com um jovem loiro e esbelto de vinte e cinco anos olhando taciturno para a janela.

— Olá, René! — Pat disse. — Sou seu parceiro de trabalho.

O olhar de Wilcox questionava até mesmo a existência dele, mas Pat seguiu calorosamente:

— Me disseram que vamos ajeitar um material juntos. Você já trabalhou em dupla antes?

— Nunca escrevi para o cinema antes.

Embora isso aumentasse as chances de Pat ter o crédito que ele tanto precisava, significava que ele talvez tivesse que trabalhar um pouco. O próprio pensamento o deixou com sede.

— É diferente de escrever para o teatro — ele sugeriu, com a devida gravidade.

— Sim, eu li um livro sobre isso.

Pat teve vontade de rir. Em 1928, ele e outro homem bolaram uma dessas armadilhas para idiotas, *Os segredos dos roteiristas*. Teria vendido bem se os filmes não começassem a falar.

— Parece simples o bastante — disse Wilcox. De repente, ele pegou o chapéu do cabide. — Vou dar uma saída.

— Não quer falar sobre o roteiro? — Pat questionou. — O que é que você tem até agora?

— Não tenho nada — disse Wilcox deliberadamente. — Aquele idiota do Berners me entregou um lixo e me pediu para trabalhar em cima daquilo. Mas é muito deprimente — seus olhos azuis ficaram apertados. — Eu te pergunto, o que é um plongée?

— Plongée? Ora, é quando a câmera filma de cima para baixo.

Pat se curvou diante da mesa e pegou um "Tratamento" com encadernação azul. Na capa, ele leu:

# SAPATILHAS DE BALLET
## UM TRATAMENTO
### POR
*Consuela Martin*

*Original a partir de uma ideia de Consuela Martin*

Pat passou os olhos no começo e então no final.

— Eu ia gostar mais se nós colocássemos a guerra em alguma parte — ele disse, franzindo as sobrancelhas. — Arranje um jeito da dançarina ir como enfermeira da Cruz Vermelha e aí ela vai poder se redimir. Entendeu a ideia?

Não houve resposta. Pat se virou e viu a porta se fechar com toda a delicadeza.

O que é isso?, ele esbravejou. Que tipo de trabalho colaborativo pode ser feito se o sujeito vai embora? Wilcox não tinha nem mesmo dado a desculpa legítima: os páreos do Santa Anita!

A porta foi aberta de novo e o rosto de uma garota bonita, um tanto assustada, apareceu por um momento, disse "ah" e desapareceu. Depois, ela retornou.

— Ora, é o Sr. Hobby! — ela exclamou. — Eu estava procurando o Sr. Wilcox.

Ele se atrapalhou tentando recordar o nome dela, mas ela resolveu a situação:

— Katherine Hodge. Fui sua secretária quando trabalhei aqui há três anos.

Pat sabia que ela havia trabalhado com ele, mas por um momento não conseguiu se lembrar se tinha sido uma relação mais profunda. Não lhe pareceu que pudesse ter sido amor, mas, olhando para ela agora, era realmente uma pena que não.

— Sente — disse Pat. — Você vai trabalhar com Wilcox?

— Achei que iria, mas ele não me deu nenhuma tarefa ainda.

— Eu acho que ele é maluco — Pat disse, melancólico. — Ele perguntou para mim o que era um plongée. Talvez esteja doente, é por isso que ele está lá fora. Vai provavelmente começar a vomitar pelo escritório todo.

— Ele está bem agora — Katherine palpitou.

— Não me pareceu assim. Venha para meu escritório. Você pode trabalhar *para mim* hoje à tarde.

Pat deitou no seu sofá enquanto a Srta. Katherine Hodge lia o tratamento de *Sapatilhas de ballet* em voz alta para ele. Por volta da metade da segunda sequência, ele cochilou com o seu novo chapéu sobre o peito.

## II

Com exceção do chapéu, foi nessa idêntica posição que ele encontrou René no dia seguinte, às onze da manhã. E foi assim por três dias consecutivos: ou um estaria dormindo ou então o outro, e às vezes os dois. No quarto dia, tiveram várias conversas, nas quais Pat novamente apresentou sua ideia sobre a guerra como uma força de redenção para as bailarinas.

— Será que poderíamos *não* falar na guerra? — sugeriu René Wilcox. — Tenho dois irmãos na Guarda Real.

— Você tem sorte de estar aqui em Hollywood.

— Pode ser que sim.

— Bom, o que você sugere para o começo do filme?

— Não gosto do início atual. Quase sinto uma náusea física.

— Pois então, temos que colocar alguma coisa no lugar dele. É por isso que eu quero introduzir a guerra...

— Estou atrasado para o almoço — disse René. — Tchau, Mike.

Pat resmungou para Katherine Hodge:

— Ele pode me chamar do que quiser, mas alguém vai ter que escrever esse filme. Eu iria até Jack Berners e contaria para ele, mas acho que a gente ficaria a ver navios.

Por mais dois dias ele acampou no escritório de Wilcox, tentando animá-lo para que agisse, mas sem sucesso. Desesperado, no dia seguinte, quando o dramaturgo sequer apareceu no estúdio, Pat tomou um comprimido de benzedrina e se lançou sozinho ao roteiro. Andando pelo escritório com o tratamento em mãos, Pat ditava a Katherine — intercalando o ditado com um relato curto e parcial da sua vida em Hollywood. Ao final daquele dia, tinha concluído duas páginas de trabalho.

A semana seguinte foi a mais árdua da sua vida — não sobrou tempo nem para dar uma paquerada em Katherine Hodge. Gradualmente, com muitos estalos, seu exaurido corpo se colocava em movimento. A benzedrina e grandes quantidades de café o acordavam pela manhã, o uísque o anestesiava à noite. Nos pés, uma velha neurite ia tomando conta e, conforme seus nervos começavam a crepitar, ele desenvolvia um certo ódio por René Wilcox que servia como estímulo de compensação. Iria terminar o roteiro por conta própria e entregar para Berners com a declaração de que Wilcox não tinha contribuído com uma única fala.

Mas aquilo era demais — Pat estava nas últimas. Não aguentou mais quando estava lá pela metade e, tendo iniciado uma bebedeira de vinte e quatro horas, retornou ao estúdio na manhã seguinte e encontrou uma mensagem de que o Sr. Berners queria o texto até as quatro. Pat estava em um estado adoentado e confuso no momento em que a porta se abriu e René Wilcox entrou com folhas datilografadas em uma mão e uma cópia do bilhete de Berners na outra.

— Está tudo bem — disse Wilcox. — Eu terminei.
— *O quê?* Você estava *trabalhando?*
— Eu sempre trabalho à noite.
— O que você fez? Um tratamento?
— Não, um roteiro final. No início eu travei por preocupações pessoais, mas, assim que comecei, foi muito simples. É só se colocar atrás da câmera e sonhar.

Pat levantou-se, espantado.

— Mas nós deveríamos trabalhar em parceria. Jack vai ficar possesso.

— Eu sempre trabalhei sozinho — disse Wilcox, gentilmente. — Vou explicar para Berners hoje à tarde.

Pat se sentou perplexo. Se o texto de Wilcox era bom... Mas como um primeiro roteiro poderia ser bom? Wilcox deveria ter repassado para ele conforme ia escrevendo, aí sim poderiam *ter* alguma coisa.

O medo pôs a sua mente a trabalhar — ele foi atropelado por sua primeira ideia original desde o começo do trabalho. Telefonou para o departamento de roteiros perguntando por Katherine Hodge e, quando ela atendeu, contou a ela o que queria. Katherine hesitou.

— Eu só quero *ler* — Pat disse apressadamente. — Se Wilcox estiver na sala, você não vai poder pegar, é claro. Mas pode ser que ele tenha saído.

Ele aguardou muito nervoso. Em cinco minutos, ela estava de volta com o roteiro.

— Não está mimeografado nem encadernado — ela disse.

Ele estava na máquina de escrever, tremendo enquanto pegava uma carta com dois dedos.

— Posso ajudar? — ela perguntou.

— Preciso de um envelope simples, um selo usado e um pouco de cola.

Pat selou a carta e então deu as instruções:

— Fique escutando do lado de fora do escritório de Wilcox. Se ele estiver lá dentro, passe a carta por debaixo da porta. Se não estiver, chame um garoto para entregar a ele, onde quer que ele esteja. Diga que é da correspondência. Aí é melhor você sair do estúdio na parte da tarde. Para que ele não perceba, entendeu?

Quando ela saiu, Pat desejou ter ficado com uma cópia do bilhete. Estava orgulhoso de si — havia um elo de sinceridade factual naquilo, um elemento frequentemente ausente em seu trabalho.

> *Caro Sr. Wilcox:*
> *Lamentamos informá-lo que seus dois irmãos foram mortos em combate no dia de hoje por uma rajada de metralhadora de longo alcance. Necessita-se imediatamente de sua presença na Inglaterra.*
>
> *John Smythe*
> *Consulado Britânico, Nova Iorque*

Mas Pat percebeu que não tinha tempo para se autocongratular. Ele abriu o roteiro de Wilcox.

Para sua enorme surpresa, era tecnicamente competente — as mudanças de cenas, os fades, os cortes, as panorâmicas e os travellings estavam detalhados corretamente. Isso simplificava tudo. Voltando à primeira página, ele escreveu no topo:

SAPATILHAS DE BALLET
*Primeira Revisão*
*De Pat Hobby e René Wilcox* — modificando depois para:
*De René Wilcox e Pat Hobby*

Então, trabalhando freneticamente, Pat fez várias dezenas de pequenas alterações. Substituiu a frase "Caia fora!" por "Suma daqui!", colocou "numa enrascada" em vez de "encrencado" e trocou "você vai se arrepender" pela apropriada modernice "senão...". Em seguida, ligou para o departamento de roteiros.

— Aqui é Pat Hobby. Eu estou trabalhando num roteiro com René Wilcox e o Sr. Berners gostaria de receber uma cópia mimeografada dele até as três e meia.

Isso lhe daria uma hora de vantagem sobre o seu colaborador inconsciente.

— É uma emergência?
— Eu diria que sim.
— Vamos ter que dividir entre várias garotas.

Pat continuou fazendo melhorias no texto até que o garoto de recados chegou. Ele queria colocar a sua ideia sobre a guerra, mas havia pouco tempo; no fim das contas, ele mandou o garoto sentar enquanto escrevia laboriosamente a lápis na última página.

> PLANO FECHADO: BORIS E RITA
> RITA: Que importância tem tudo isso agora? Eu me alistei para trabalhar como enfermeira na guerra.
> BORIS *(emocionado)*: A guerra purifica e regenera!
> *(Ele põe os braços em volta dela num arrebatador abraço enquanto a música sobe até o último volume e encerramos num* FADE OUT*).*

Claudicante e exausto pelo seu esforço, ele precisava de uma bebida, então deixou o estúdio e escapuliu cuidadosamente para o bar da frente, onde pediu gim e água.

Com o rubor da bebida, teve pensamentos animados. Ele fez *quase* o que tinha sido contratado para fazer, ainda que sua mão tenha acidentalmente caído mais no diálogo do que na estrutura. Mas como Berners poderia perceber que a estrutura não era obra de Pat? Katherine Hodge não diria nada, por medo de incriminar a si mesma. Todos eram culpados, mas o maior culpado de todos era René Wilcox por ter se recusado a jogar o jogo. Sempre, de acordo com o seu ponto de vista, Pat jogou o jogo.

Ele tomou mais um drinque, comprou pastilhas para o hálito e por um momento se divertiu com a máquina caça-níqueis da farmácia. Louie, o bookmaker do estúdio, perguntou se ele estava interessado em fazer apostas em uma escala maior.

— Hoje não, Louie.
— Quanto estão te pagando, Pat?
— Mil por semana.
— Não é ruim.
— Ah, tem muitos veteranos como eu voltando — Pat profetizou. — Era no tempo dos filmes mudos que se tinha treinamento de verdade... Com os diretores filmando de improviso e tendo que achar uma piada numa fração de segundos. Agora é trabalho de secretária. Eles colocam professores de inglês para trabalhar nos filmes! O que eles entendem disso?

— Que tal uma fezinha na Quaker Girl?
— Não — disse Pat. — Hoje de tarde tenho que trabalhar com uma ideia importante. Não quero saber de cavalos.

Às três e quinze ele retornou para o escritório, encontrando duas cópias do seu roteiro com capas novas e brilhantes.

## SAPATILHAS DE BALLET
### POR
*René Wilcox e Pat Hobby*
### PRIMEIRA REVISÃO

Ver seu nome impresso o tranquilizou. Enquanto esperava na antessala de Jack Berners, ele quase desejou ter invertido a ordem dos nomes. Com o diretor certo isso poderia se tornar um outro

*Aconteceu naquela noite* e, se ele conseguisse pôr o seu nome em algo assim, seriam três ou quatro anos de vacas gordas. Mas desta vez ele iria poupar o dinheiro — iria ao Santa Anita uma vez por semana —, arranjaria uma garota como Katherine Hodge, que não exigiria uma mansão em Beverly Hills.

A secretária de Berners interrompeu o devaneio, falando para que passasse. Ao entrar, viu com satisfação uma cópia do novo roteiro sobre a mesa de Berners.

— Você alguma vez já foi... — Berners perguntou de repente — a um psicanalista?

— Não — Pat admitiu. — Mas acho que poderia ir. É uma nova tarefa?

— Não exatamente. Eu apenas acho que você perdeu a mão. Mesmo furto requer uma certa habilidade. Acabei de falar com Wilcox no telefone.

— Wilcox deve estar louco — Pat disse com agressividade. — Não roubei nada dele. O nome dele está aí, não está? Duas semanas atrás eu montei toda a estrutura que ele usou, cada cena. Eu até escrevi uma cena nova do zero, no final, sobre a guerra.

— Ah sim, a guerra — disse Berners, como se estivesse pensando em outra coisa.

— Mas se você preferir o final de Wilcox...

— Sim, eu prefiro o final dele. Nunca vi um homem aprender o trabalho tão rápido. — Ele hesitou. — Pat, você falou apenas uma verdade desde que entrou nesta sala, que foi você dizer que não roubou nada de Wilcox.

— Com certeza não roubei. Eu *dei* material para ele.

Mas certo abatimento, um cinzento mal-estar, começou a tomar conta dele conforme Berners continuava:

— Eu falei para você que tínhamos três roteiros. Você usou um antigo, que descartamos há um ano. Wilcox estava lá quando a secretária dele chegou, e ele mandou uma cópia para você. Inteligente, não?

Pat ficou sem palavras.

— Entenda, ele e aquela garota gostam um do outro. Parece que ela datilografou uma peça para ele no verão passado.

— Eles gostam um do outro — disse Pat, incrédulo. — Ora, ele...

— Vá com calma, Pat. Você já teve encrenca demais por hoje.

— Ele é o responsável — Pat urrou. — Ele não queria colaborar... E toda hora...

— Ele estava fazendo um belo roteiro. E pode fazer o que bem entender se conseguirmos convencê-lo a ficar aqui e escrever outro.

Pat não aguentou mais e se levantou.

— De qualquer forma, obrigado, Jack — sua voz fraquejou. — Ligue para meu agente se alguma coisa aparecer — disse e então disparou súbita e surpreendentemente em direção à porta.

Jack Berners acionou o ditógrafo para a sala do presidente.

— Já conseguiu ler? — ele perguntou com um tom ansioso.

— É uma beleza. Melhor do que você falou. Estou com Wilcox aqui.

— Já assinou contrato com ele?

— Vou fazer isso. Parece que ele quer trabalhar com Hobby. Aqui, vou deixar você falar com ele.

A voz um tanto alta de Wilcox surgiu na linha.

— Preciso de Mike Hobby — ele disse. — Sou grato a ele. Tive um atrito com uma certa moça logo antes dele chegar, mas hoje Hobby nos reaproximou. Além disso, quero escrever uma peça sobre ele. Então deem ele para mim, vocês na realidade nem precisam mais dele mesmo.

Berners discou o telefone da sua secretária.

— Vá atrás de Pat Hobby. Ele provavelmente está no bar na rua da frente. Vamos empregá-lo de novo, mas vamos nos arrepender — ele desligou e ligou novamente. — Ah! Leve o chapéu dele. Ele esqueceu do chapéu.

# PAT HOBBY E ORSON WELLES

*PAT HOBBY AND ORSON WELLES*
MAIO DE 1940

## I

— Quem é esse tal de Welles? — Pat perguntou a Louie, o bookmaker do estúdio. — Toda vez que eu pego um jornal, estão falando nesse Welles.

— Você sabe quem é, é aquele barbudo — explicou Louie.

— Claro, eu sei que é aquele barbudo, não tem como não notar isso. Mas quantos créditos ele tem? O que será que ele fez para ganhar cento e cinquenta mil por filme?

O que afinal? Ele estava, assim como Pat, há vinte anos em Hollywood? Ele tinha créditos que saltavam os olhos, indo até... Bom, indo até cinco anos antes, quando os créditos de Pat começaram a ficar cada vez mais esparsos?

— Escute, eles não duram muito tempo — disse Louie, com um ar consolador. — Já vimos esses caras indo e vindo, né, Pat?

Sim, mas enquanto isso aqueles que tinham se estragado nos vinhedos do Senhor no calor do dia precisavam dar graças a Deus por algumas semanas ganhando trezentos e cinquenta. Homens que uma vez já tiveram esposas e filipinos e piscinas.

— Talvez seja a barba — disse Louie. — Talvez a gente devesse deixar a barba crescer. Meu pai tinha barba, mas isso nunca o tirou da rua Grand.

A dádiva da esperança havia permanecido com Pat durante seus infortúnios — e o que dava uma valiosa liga à sua esperança era a proximidade. Acima de tudo, deve-se marcar presença, deve-se estar lá quando a mente embotada e cansada de um produtor se defrontar com a pergunta "quem?". Por isso, naquele instante, Pat saiu da farmácia e atravessou a rua em direção ao estúdio que era seu lar.

Ao passar pela entrada lateral, um vigia desconhecido do estúdio parou na sua frente.

— Todo mundo deve passar pela entrada da frente agora.

— Sou Hobby, o roteirista — Pat disse.

O cossaco se mostrou indiferente.

— Tem o crachá?

— Terminei um filme e estou para começar outro. Mas já estou acertado com Jack Berners.

— Portão da frente.

Quando se virou, Pat pensou violentamente: *Guardinha cretino de comédia pastelão!* Na sua mente, ele até entrou num tiroteio com o sujeito. Pá! No estômago. Pá! Pá! Pá!

Na entrada principal *também* havia uma cara nova.

— Onde é que foi parar Ike? — Pat questionou.

— Ike não trabalha mais aqui.

— Bom, tudo bem, eu sou Pat Hobby. Ike sempre me deixava passar.

— É por isso que ele não trabalha mais aqui — disse o vigia, impassível. — Com quem você veio falar?

Pat hesitou. Ele odiava perturbar produtores.

— Ligue para o escritório de Jack Berners — ele disse. — É só falar com a secretária dele.

Depois de um minuto, o homem afastou o telefone.

— Qual é o assunto? — ele disse.

— É um filme.

Ele esperou por uma resposta.

— Ela quer saber qual filme.

— Pro diabo com isso — Pat disse, aborrecido. — Olhe, ligue para Louie Griebel. Por que essa coisa toda?

— São ordens do Sr. Kasper — disse o porteiro. — Semana passada um turista de Chicago caiu no ventilador do estúdio... Alô, Sr. Louie Griebel?

— Eu falo com ele — disse Pat, pegando o telefone.

— Não posso fazer nada, Pat — lamentou Louie. — Eu já me incomodei um monte tentando fazer meu rapaz entrar hoje pela manhã. Um pamonha de Chicago caiu no ventilador.

— E o que isso tem a ver comigo? — Pat quis saber, com veemência.

Ele caminhou, um pouco mais rápido que de costume, pela extensão do muro até a parte onde se chegava aos fundos do estúdio. Havia um guarda no lugar, mas sempre havia gente passando de lá para cá, e ele se juntou a um dos grupos. Uma vez lá dentro, falaria com Jack e pediria para ser retirado dessa proibição absurda. Ora, ele conheceu o estúdio quando as primeiras casinhas começaram a ser erguidas, quando ainda consideravam isso os confins do deserto.

— Com licença, senhor. Está com este grupo?

— Estou sem tempo — disse Pat. — Perdi meu crachá.

— É? Bom, até onde eu sei, o senhor pode ser um policial à paisana — ele mostrou o exemplar de uma revista fotográfica debaixo do nariz de Pat. — Não deixaria o senhor entrar nem se me dissesse que era esse tal de Orson Welles aqui.

## II

Tem um velho filme de Chaplin sobre um bonde lotado no qual a entrada de um homem na traseira do veículo força a saída de outro na frente. Uma imagem semelhante veio à mente de Pat nos dias seguintes sempre que ele pensava em Orson Welles. Welles estava dentro, Hobby estava fora. Nunca antes Pat havia sido barrado na portaria e, ainda que Welles estivesse em outro estúdio, parecia que o grande corpo do barbudo, empurrando ousadamente do nada, tinha deslocado Pat para o lado de fora do portão.

*Para onde ir agora?*, Pat pensou. Ele já tinha trabalhado nos outros estúdios, mas não eram o seu. No seu estúdio, Pat nunca se sentia desempregado — em tempos recentes de dificuldades, ele tinha aproveitado a comida dos cenários — meia lagosta fria durante uma cena de *The divine Miss Carstairs;* frequentemente dormia nos sets e, no inverno anterior, tinha feito uso de um casaco Chesterfield do departamento de figuração. Orson Welles não tinha nada que deixá-lo de fora disso. O lugar de Orson Welles era em Nova Iorque, junto com o resto dos esnobes.

No terceiro dia, Pat estava fora de si de tanta melancolia. Mandou recado atrás de recado para Jack Berners e até pediu a Louie para que intercedesse — a notícia agora era que Jack havia deixado a cidade. Restavam tão poucos amigos. Desolado, ele ficou parado em frente ao portão dos automóveis junto a uma multidão de crianças curiosas, sentindo que finalmente havia chegado ao buraco.

Uma grande limusine saiu e, no banco de trás, Pat reconheceu a face inchada e com traços romanos de Harold Marcus. O carro prosseguiu em direção às crianças e, após uma delas passar correndo na frente, reduziu a velocidade. O velho falou pelo interfone e o carro freou. Ele se inclinou para fora, piscando os olhos.

— Não tem nenhum guarda aqui? — ele perguntou para Pat.

— Não, Sr. Marcus — Pat respondeu rapidamente. — Deveria ter. Sou Pat Hobby, o roteirista. O senhor pode me dar uma carona até mais adiante nesta rua?

Aquilo era inédito — era um ato de desespero, mas Pat estava em grandes necessidades.

O Sr. Marcus o olhou de perto.

— Ah, sim, eu me lembro de você — ele disse. — Entre.

É possível que ele tenha se referido ao banco da frente, ao lado do chofer. Pat, porém, cometeu um desatino e abriu um dos pequenos assentos. O Sr. Marcus era um dos homens mais poderosos em todo o universo do cinema. Ele não se envolvia mais com a produção. Passava a maior parte do tempo chacoalhando de costa a costa em trens rápidos, sumindo e reaparecendo, reaparecendo e sumindo, como uma mulher divorciada há tempos.

— Um dia essas crianças vão se machucar.

— Verdade, Sr. Marcus — concordou Pat com entusiasmo. — Sr. Marcus...

— Eles precisam pôr um guarda aqui.

— Sim, Sr. Marcus. Sr. Marcus...

— Huuumm... — disse o Sr. Marcus. — Você quer descer onde?

Pat se movimentou para agir rápido.

— Sr. Marcus, quando eu fui seu assessor de imprensa...

— Eu sei — disse o Sr. Marcus. — Você queria um aumento de dez dólares por semana.

— Mas que memória! — Pat exclamou com alegria. — Que memória! Mas, Sr. Marcus, desta vez eu não quero nada.

— É um milagre.

— Os meus desejos são modestos, veja bem, e economizei o bastante para me aposentar.

Ele empurrou os sapatos levemente para frente, sob uma manta de proteção, e seu casaco Chesterfield ocultou com eficiência o resto.

— É o que eu queria — disse o Sr. Marcus, melancólico. — Uma fazenda com galinhas. Talvez um campo de golfe de nove buracos. Sem ter que ficar conferindo as ações da bolsa.

— Eu quero me aposentar, mas de um jeito diferente — Pat disse, convicto. — Os filmes têm sido a minha vida. Quero vê-los crescer cada vez mais...

O Sr. Marcus deu um ganido.

— Até explodirem — ele disse. — Veja o Fox! Eu chorei por causa dele — ele apontou para os próprios olhos. — Lágrimas!

Pat assentiu, com muita empatia.

— Eu só quero uma coisa — da longa familiaridade ele passou para um discurso exótico. — Eu deveria poder entrar no estúdio quando quisesse. Sem interesse. Apenas para estar lá. Não iria incomodar ninguém. Só para dar uma ajudinha, assim sem interesse, se algum jovem precisar de conselho.

— Fale com Berners — disse Marcus.

— Ele me disse para falar com o senhor.

— Então você queria algo no fim das contas — Marcus sorriu. — Tudo bem, por mim tudo bem. Onde você vai descer?

— O senhor poderia escrever uma liberação para mim? — Pat implorou. — Só uma anotação no seu cartão?

— Vou ver isso — disse o Sr. Marcus. — Mas agora tenho outros assuntos a tratar. Vou num almoço — ele suspirou profundamente. — Eles querem que eu conheça esse novo Orson Welles que está em Hollywood.

O coração de Pat se contorceu. Lá estava ele de novo — aquele nome, sinistro e impiedoso, espalhando-se como uma nuvem negra por todos os céus sobre ele.

— Sr. Marcus — ele disse com tanta sinceridade que sua voz ficou trêmula —, eu não me surpreenderia se Orson Welles fosse a maior ameaça a Hollywood em anos. Ele recebe cento e cinquenta mil por filme e é bem possível que seja tão radical a ponto dos senhores terem que arranjar todos os equipamentos de novo e recomeçar tudo do zero, como fizeram com o som em 1928.

— Meu Deus do céu! — resmungou o Sr. Marcus.

— E eu — disse Pat —, eu só quero uma liberação e nada de dinheiro, para deixar as coisas assim como estão.

O Sr. Marcus pegou seu estojo de cartões.

## III

Para aqueles que estão reunidos sob o nome "talento", o ambiente de estúdio não é inabalavelmente radiante — flutua-se rápido demais entre a elevada esperança e a grave apreensão. Aqueles poucos que tomam as decisões estão felizes com o trabalho e certos de que valem o que recebem, os demais vivem em uma névoa de incerteza quanto ao momento quando sua vasta inadequação será revelada.

A psicologia de Pat era, estranhamente, a dos patrões, e na maior parte do tempo ele permanecia despreocupado, embora estivesse sem salário fixo. Mas havia uma grande mosca na sopa: pela primeira vez na vida ele começou a sentir que perdia sua identidade. Por razões que não entendia muito bem, ainda que talvez pudessem ter sido originadas na sua própria conversa, diversas pessoas passaram a chamá-lo de "Orson".

Perder a própria identidade é algo descuidado em qualquer caso. Mas perder para um inimigo, ou pelo menos para quem se transformou no bode expiatório dos nossos infortúnios, é um sofrimento. Pat *não* era Orson. Qualquer semelhança só poderia ser ligeira e forçada e ele estava ciente disso. O efeito final era torná-lo, neste aspecto, uma espécie de excêntrico.

— Pat — disse o barbeiro Joe —, Orson veio aqui hoje e me pediu para aparar a barba dele.

— Espero que você tenha ateado fogo nela — disse Pat.

— Foi o que eu fiz — Joe piscou para os clientes que aguardavam sob as toalhas quentes. — Ele me pediu para dar uma chamuscada, aí eu tirei tudo. Agora o rosto dele está tão liso quanto o seu. Na verdade, vocês são parecidos.

Naquela manhã, a brincadeira estava tão disseminada que, a fim de evitá-la, Pat passou o tempo todo num bar do outro lado da rua. Não estava bebendo — isto é, no bar, uma vez que só lhe restavam trinta centavos, mas ele se refrescava frequentemente com uma garrafinha que mantinha no bolso. Precisava de estímulo, porque teria que pedir um trocado e sabia ser mais fácil pegar dinheiro emprestado quando não se está com um ar de necessidade urgente.

Sua presa, Jeff Boldini, estava em um estado de espírito antipático. Ele também era um artista, embora bem-sucedido, e uma certa dama do cinema tinha lhe atacado a dignidade ao criticar uma peruca que ele havia feito para ela. Ele contou a história com todos os detalhes para Pat, que esperou até o final antes de introduzir sua requisição.

— Não mesmo — disse Jeff. — Que diabos, você nunca me pagou o que eu te emprestei no mês passado.

— Mas eu tenho trabalho agora — mentiu Pat. — É só para eu me manter nos trilhos. Eu começo amanhã.

— Isso se eles não derem esse trabalho para Orson Welles — disse Jeff, bem-humorado.

Pat franziu o cenho, mas conseguiu dar uma educada risada de pedinte.

— Espere aí — disse Jeff. — Sabe que eu acho você parecido mesmo com ele?

— É.

— Sério. Enfim, posso deixar você parecido com ele. Posso fazer uma barba para você que seria uma cópia dele.

— Eu não seria uma cópia dele nem por cinquenta mil.

Com a cabeça para o lado, Jeff avaliou Pat.

— Eu poderia fazer isso — ele disse. — Vamos lá dentro, na minha cadeira, que eu vejo.

— Nem no inferno.

— Vamos lá. Eu quero tentar. E você não tem nada para fazer. Só trabalha amanhã.

— Não quero uma barba.

— Ela vai sair depois.

— Não quero.

— Não vai custar nada para você. Na verdade, eu vou lhe *pagar*. Empresto dez pratas se você me deixar fazer uma barba em você.

Meia hora depois, Jeff olhou para o seu trabalho finalizado.

— Ficou perfeito — ele disse. — Não só a barba, mas os olhos e tudo mais.

— Ótimo. Agora tire — Pat disse, ranzinza.

— Por que a pressa? É uma bela barbicha. Uma obra de arte. Temos que filmar isso. É uma pena que você tenha que trabalhar amanhã, estão usando uns dez barbudos no set do Sam Jones e um deles foi para a cadeia durante uma batida num bar de homossexuais. Aposto que com essa barbicha toda você iria conseguir o emprego.

Já fazia algumas semanas desde que Pat tinha ouvido a palavra emprego pela última vez e ele próprio não sabia mais dizer como conseguia existir e se alimentar. Jeff percebeu o brilho no seu olhar.

— O que é que você me diz? Me deixe te levar até lá só pela diversão — implorou Jeff. — Quero ver se Sam consegue perceber que é uma barba falsa.

— Sou roteirista, não uma caricatura.

— Vamos lá! Jamais alguém vai reconhecer você com isso aí. E você ganharia mais dez pratas.

Ao saírem do departamento de maquiagem, Jeff ficou para trás por um minuto. Em um pedaço de papelão, ele escreveu o nome Orson Welles em grandes letras de forma. E lá fora, sem Pat perceber, colou no para-brisa do carro.

Ele não foi diretamente para os fundos do estúdio. Em vez disso, foi dirigindo, não muito rápido, pela rua principal do estúdio. Em frente ao prédio da administração, ele parou o carro com a desculpa de que o motor estava falhando e, em pouquíssimo tempo, um grupo minúsculo, porém definitivamente interessado, começou a se aglomerar. Mas os planos de Jeff não incluíam ficar parado por muito tempo em lugar algum, então ele entrou de novo e os dois partiram para um passeio ao redor do refeitório.

— Onde nós vamos? — Pat quis saber.

Ele já havia feito uma nervosa tentativa de arrancar a barba, mas, para sua surpresa, ela não saía.

Reclamou disso para Jeff.

— Claro — Jeff explicou. — É feita para durar. Você vai ter que enxaguar.

O carro parou por um instante na porta do refeitório. Pat viu olhos estupefatos o observando e, estupefato, os observou de volta do banco de trás.

— Até parece que eu sou o único barbudo no estúdio — ele disse, melancolicamente.

— Você pode entender o que Orson Welles sente.

— Ao diabo com ele.

Essa conversação teria confundido aqueles que estavam lá fora, para quem ele não era nada menos do que o artigo genuíno.

Jeff seguiu devagar pela rua. Na frente deles, um pequeno grupo de homens caminhava: um deles, ao se virar, viu o carro e chamou a atenção dos outros. Depois disso, o mais velho integrante do grupo lançou os braços no que pareceu ser um gesto defensivo e saltou para a calçada enquanto o carro passava.

— Meu Deus, você viu isso? — exclamou Jeff. — Aquele era o Sr. Marcus.

Ele chegou a um local onde precisou parar o carro. Um homem alvoraçado veio correndo e colocou a cabeça na janela do carro.

— Sr. Welles, o nosso Sr. Marcus teve um ataque do coração. Podemos usar seu carro para levá-lo ao pronto-socorro?

Pat o encarou. Então depressa abriu a porta do outro lado e saiu rápido do carro. Nem mesmo a barba poderia interromper essa disparada aerodinâmica. O guarda na portaria, sem reconhecer aquela encarnação, tentou falar com ele, mas Pat o enxotou com a facilidade de um jogador de futebol americano e não parou até chegar ao bar.

Três figurantes de barba estavam parados na bancada e com alívio Pat se misturou à corporação de bigodes. Com a mão trêmula, ele tirou do bolso a nota de dez dólares que tinha conquistado com tanto custo.

— Encha o copo deles — exclamou, rouco. — Os barbudos ganham uma rodada por minha conta.

# O SEGREDO DE
# PAT HOBBY

*PAT HOBBY'S SECRET*
JUNHO DE 1940

## I

A aflição em Hollywood é endêmica e sempre aguda. É raro um executivo não estar sendo torturado por um problema insolúvel e, de uma forma democrática, sem cobrar nada, ele vai deixar você ficar sabendo do assunto. A questão, seja de saúde ou de produção, é enfrentada corajosamente e em meio a gemidos com somas que vão de um a cinco mil dólares por semana. É assim que os filmes são feitos.

— Mas essa me derrubou — disse o Sr. Banizon —, porque como é que um projétil de artilharia vai parar no porta-malas de Claudette Colbert ou Betty Field ou seja lá quem for que a gente decida usar? Temos que explicar isso para o público poder acreditar.

Ele estava no escritório de Louie, o bookmaker do estúdio, e sua audiência naquele momento incluía também Pat Hobby, respeitável burro de carga dos roteiros no alto dos seus quarenta e nove anos de idade. O Sr. Banizon não esperava receber uma sugestão de nenhum dos dois, mas já fazia uma semana que ele falava sozinho em voz alta sobre o problema e não conseguia parar.

— Quem é o seu roteirista? — Louie perguntou.

— R. Parke Woll — disse Banizon, indignado. — Primeiro eu comprei essa abertura de um outro roteirista, compreende? Uma grande ideia, mas era só uma ideia. Daí eu chamei R. Parke Woll, o dramaturgo, e nós nos encontramos algumas vezes para desenvolver. Só que, quando chegamos perto de ter um final, o agente dele se intrometeu e inventou que não vai mais deixar Woll falar se eu não der um contrato para ele. Oito semanas a três mil dólares! E eu só preciso dele por mais um dia!

A cifra trouxe um brilho aos velhos olhos de Pat. Há dez anos ele se virava beatificamente com um salário desses, mas agora ele dava graças a Deus por algumas semanas ganhando duzentos e cinquenta dólares. Seu talento inflamado e chamuscado foi incapaz de florescer por uma segunda vez.

— A pior parte é que Woll me contou o final — continuou o produtor.

— Então o que é que você está esperando? — Pat questionou. — Você não precisa pagar nem um centavo para ele.

— Eu me esqueci! — resmungou o Sr. Banizon. — Dois telefones estavam tocando no meu escritório, um era de um diretor em plena filmagem. Enquanto eu falava, Woll teve que sair. Agora eu não consigo me lembrar e não tenho como fazer com que ele volte.

Perversamente, o senso de justiça de Pat Hobby estava do lado do produtor, não do roteirista. Banizon havia quase levado a melhor sobre Woll quando então foi traído pelo azar. E agora o dramaturgo, com a insolência de um esnobe da Costa Leste, o mantinha como refém por vinte e quatro mil. Sem falar que o mercado europeu já era. Sem falar na guerra.

— Agora ele está tomando todas — disse Banizon. — Eu sei disso porque tenho um homem atrás dele. É o suficiente para te deixar louco. Eu tenho toda a história aqui, menos o desfecho. De que me adianta assim desse jeito?

— Se ele estiver bêbado talvez ele conte — sugeriu Louie, com praticidade.

— Para mim, não — disse o Sr. Banizon. — Eu pensei nisso, mas ele reconheceria meu rosto.

Chegando ao fim desse beco sem saída, o Sr. Banizon escolheu um cavalo para o terceiro páreo e um para o sétimo e se preparou para ir embora.

— Eu tenho uma ideia — disse Pat.

O Sr. Banizon olhou com desconfiança para aqueles velhos olhos vermelhos.

— Estou sem tempo para ouvir — ele disse.

— Não estou vendendo nada — Pat garantiu. — Tenho um negócio praticamente fechado com a Paramount. Mas trabalhei uma vez com esse R. Parke Woll e talvez eu possa descobrir o que você quer saber.

Ele saiu do escritório junto com o Sr. Banizon e os dois caminharam devagar pelo estúdio. Uma hora depois, com um adiantamento de cinquenta dólares, Pat foi contratado para descobrir como um projétil de artilharia vai parar no porta-malas de Claudette Colbert ou Betty Field ou no porta-malas de seja lá quem for.

## II

O rastro que R. Parke Woll deixava pela Cidade dos Anjos como um ceifador não atrairia nenhuma atenção especial nos anos 20; nos medrosos anos 40, soava como uma gargalhada na igreja. Ele era fácil de seguir: sua ausência tinha sido solicitada em dois hotéis, mas ele estabeleceu uma rotina na qual carregava o quarto de dormir em cima dos ombros. Um grupo pequeno, porém alerta, de ratos e fuinhas dava apoio moral a ele em sua jornada — uma jornada que Pat passou a acompanhar às duas da manhã no Conk's Old Fashioned Bar.

O Conk's era um bar mais altivo que o nome indicava, ostentando garotas que vendiam cigarros e um leão de chácara chamado Smith que certa vez aguentou uma hora inteira de duelo com Tarzan White. O Sr. Smith era um homem amargurado que se expressava por meio de tapas no traseiro dos clientes ao deixá-los entrar, e foi essa a introdução que Pat teve. Quando voltou a si, descobriu R. Parke Woll na companhia de homens e mulheres ao redor de uma mesa e caminhou até lá devagar, com ar de surpresa.

— Olá, bonitão — ele disse para Woll. — Lembra de mim? Pat Hobby.

R. Parke Woll o pôs em foco com dificuldade, virando sua cabeça primeiro para um lado e depois para o outro, deixando-a cair, erguer-se e então se projetar para frente como uma naja tirando uma foto indiscreta. Evidentemente ele registrou, pois disse:

— Pat Hobby! Senta aí, vai tomar o quê? Cavalheiros, este aqui é Pat Hobby, o melhor roteirista canhoto de Hollywood. Como é que você vai, Pat?

Pat se sentou, em meio aos olhares desconfiados de uma dúzia de olhos predatórios. Seria Pat um velho amigo que veio para levar o dramaturgo para a casa?

Pat percebeu isso e esperou até meia hora mais tarde, quando se encontrou a sós com Woll no banheiro.

— Escute, Parke, Banizon mandou gente para seguir você — ele disse. — Não sei por qual motivo ele está fazendo isso. Foi Louie no estúdio quem me contou.

— Não sabe por quê? — Parke exclamou. — Bom, eu sei. Eu tenho uma coisa que ele quer, é por isso!

— Você está devendo dinheiro para ele?

— Dever dinheiro... Até parece... *Ele* me deve dinheiro! Ele está me devendo por três conferências demoradas e trabalhosas, esbocei toda a porcaria do filme para ele — seu dedo errante bateu na testa em diversos lugares. — O que ele quer está aqui dentro.

Uma hora se passou na turbulenta e orgiástica mesa. Pat aguardou e dali a pouco, no lento e limitado ciclo da bebedeira, a mente de Woll inevitavelmente retornou ao assunto.

— O engraçado é que eu contei para ele quem colocou o projétil no porta-malas e por quê. E aí o gênio se esqueceu.

Pat teve uma inspiração.

— Mas a secretária dele se lembrou.

— Sério? — Woll ficou perplexo. — A secretária... Não me lembro de uma secretária.

— Ela tinha acabado de entrar — Pat arriscou, apreensivamente.

— Olha, nesse caso é bom ele me pagar ou eu vou colocar um processo nele!

— Banizon disse que ele tem uma ideia melhor.

— Uma ova que ele tem. Minha ideia era uma beleza. Escute... Ele falou por dois minutos.

— Gostou? — ele questionou. Olhou para Pat esperando aplausos, então deve ter visto algo no olhar de Pat que não queria ter visto. — Seu cachorro! — exclamou. — Você falou com Banizon, foi ele quem mandou você aqui.

Pat se levantou e disparou feito um coelho em direção à porta. Ele estaria na rua antes de Woll conseguir alcançá-lo, não fosse a intervenção do Sr. Smith, o porteiro.

— Onde é que você vai? — ele indagou, pegando Pat pelas lapelas.

— Segura ele! — gritou Woll, vindo de trás. Ele lançou um golpe em Pat, mas errou o alvo e atingiu em cheio a boca do Sr. Smith.

Já foi mencionado que o Sr. Smith era um homem amargurado, bem como de grande força. Ele largou Pat, pegou R. Park Woll pela virilha e pelo ombro, ergueu o dramaturgo no alto e aí, com uma gigantesca pancada, jogou o corpo do homem ao chão. Três minutos depois, Woll estava morto.

### III

Com a exceção de grandes escândalos, como no caso Arbuckle, a indústria protege os seus — e a indústria incluía Pat, ainda que de forma intermitente. Ele foi liberado da prisão na manhã seguinte sem fiança, requisitado apenas como testemunha ocular. Na pior das hipóteses, a publicidade foi vantajosa — pela primeira vez em um ano o seu nome apareceu nos jornais da indústria cinematográfica. Além do mais, ele era agora o único homem vivo que sabia como o projétil iria acabar no porta-malas de Claudette Colbert (ou de Betty Field).

— Quando você pode vir falar comigo? — disse o Sr. Banizon.

— Amanhã depois do inquérito — disse Pat, divertindo-se. — Estou um pouco abalado, fiquei com uma dor de ouvido.

Isso também indicava poder. Somente aqueles que "estiveram lá" podiam falar da própria saúde e serem escutados.

— Woll contou mesmo para você? — questionou Banizon.

— Contou — disse Pat. — E vale bem mais do que cinquenta. Vou arranjar um novo agente e ir com ele no seu escritório.

— Eu tenho um plano melhor — Banizon disse rapidamente. — Vou te colocar na folha de pagamento. Quatro semanas no seu preço padrão.

— E qual é meu preço padrão? — Pat indagou, melancólico. — Já recebi de tudo, desde quatro mil a zero. — E acrescentou com ambiguidade: — Como diria Shakespeare, "todo homem tem seu preço".

O séquito de roedores de R. Parke Woll desapareceu com uma pequena pilhagem para as suas convenientes tocas, deixando o Sr. Smith como réu e, como testemunhas, Pat e duas assustadas vendedoras de cigarros. A defesa do Sr. Smith era a de que ele havia sido atacado. No inquérito, uma vendedora de cigarro concordou com ele e a outra o condenou por violência desnecessária. Era a vez de Pat Hobby, mas, antes que seu nome fosse chamado, ele se assustou ao ouvir uma voz falar por detrás dele.

— Se você mencionar alguma coisa contra o meu marido, eu vou arrancar sua língua fora.

Um dinossauro de mulher, com mais de um metro e oitenta e largas proporções, inclinava-se diante da cadeira dele.

— Pat Hobby, queira, por favor, vir até a frente... Agora o Sr. Hobby vai nos dizer exatamente o que aconteceu.

Os olhos do Sr. Smith estavam malignamente fixos nos seus e ele sentiu os olhos da companheira do leão de chácara tentando capturar a sua língua pela nuca. Estava tomado por uma hesitação natural.

— Não sei ao certo — ele disse, e então com uma rápida inspiração: — A única coisa que eu sei é que tudo ficou branco!

— *O quê?*

— Foi assim mesmo. Eu vi tudo branco. Do mesmo jeito que alguns caras enxergam preto ou vermelho.

Houve uma troca de confidências entre as autoridades.

— Bom, o que aconteceu quando o senhor entrou no restaurante... Até o momento que viu tudo branco?

— Bom — disse Pat, lutando por mais tempo. — Foi tudo mais ou menos assim. Eu entrei e aí tudo começou a ficar preto.

— Você quer dizer branco.

— Preto *e* branco.

Houve risadinhas generalizadas.

— A testemunha pode se retirar. O réu será colocado em prisão preventiva aguardando julgamento.

Qual o problema de ver aquela piadinha se estender quando o risco era tão alto assim — por toda a noite aquela imensa amazona o perseguiu nos seus sonhos e ele precisou de uma bebida forte antes de aparecer no escritório do Sr. Banizon na manhã seguinte. Foi acompanhado por um dos poucos agentes de Hollywood que ainda não tinham trabalhado com ele ou o descartado.

— Um pagamento simples de quinhentos — Banizon ofereceu. — Ou quatro semanas a duzentos e cinquenta em outro filme.

— Quanto o senhor realmente quer isso? — o agente perguntou. — Meu cliente acha que vale três mil.

— Do meu próprio dinheiro? — Banizon esbravejou. — E não é nem ideia *dele*! Agora que Woll morreu, é domínio público.

— Não é bem assim — disse o agente. — Concordo com você que as ideias de certa forma ficam no ar. Pertencem a quem apanhá-las naquele momento, como balões.

— Bom, quanto vocês querem? — perguntou o Sr. Banizon, temeroso. — Como vou ter certeza de que ele tem a ideia?

O agente se voltou para Pat.

— Devemos contar para ele por, talvez, mil dólares?

Após um momento, Pat concordou. Algo o incomodava.

— Tudo bem — disse Banizon. — Essa tensão está me deixado louco. Mil dólares.

Houve silêncio.

— Pode falar, Pat — disse o agente.

Mesmo assim, Pat não abriu a boca. Eles aguardaram. Quando Pat falou, sua voz parecia estar vindo de longe.

— Tudo ficou branco — ele disse, ofegante.

— *O quê?*

— Não posso fazer nada, tudo ficou branco. É o que eu vejo: branco. Eu me lembro de entrar no bar, mas depois disso fica tudo branco.

Por um momento acharam que ele estava evitando falar. Então o agente percebeu que Pat desenvolveu um bloqueio psicológico. O segredo de R. Parke Woll estaria guardado para sempre. Quando já era tarde demais, Pat percebeu que mil dólares estavam escapando pelo ralo e tentou desesperadamente recuperá-los.

— Lembrei, lembrei! Foi colocada lá por um ditador nazista.

— Ou a própria garota colocou no porta-malas — disse Banizon, ironicamente. — Para comprar uma pulseira.

Durante muitos anos, o Sr. Banizon seria um tanto atormentado por esse problema insolúvel. E, ao fuzilar Pat com os olhos, desejou que os roteiristas pudessem ser dispensados por completo da indústria. Se ao menos as ideias pudessem ser apanhadas de graça no ar!

# PAT HOBBY, PAI PUTATIVO

*PAT HOBBY, PUTATIVE FATHER*
JULHO DE 1940

## I

A maioria dos roteiristas se parece com um roteirista, queiram eles ou não. É difícil dizer por quê — já que modelam excentricamente a sua aparência exterior tal como corretores de Wall Street, reis do gado ou exploradores ingleses —, mas todos acabam se parecendo com roteiristas, de uma maneira tão decisiva quanto uma caricatura em uma charge de jornal.

Pat Hobby era a exceção. Ele não se parecia com um roteirista. Somente num canto da nação ele poderia ser considerado um integrante do mundo do entretenimento. Mesmo lá, o primeiro palpite seria de que ele era um figurante passando por dificuldades ou um ator especializado no papel daquele tipo de pai que *jamais* deveria voltar para casa. Mas ele era um roteirista: colaborou em mais de vinte roteiros para o cinema; a maioria, é preciso admitir, antes de 1929.

Um roteirista? Ele tinha uma mesa no prédio dos roteiristas, no estúdio; tinha lápis, papel, uma secretária, clipes, um bloco para memorandos. E sentava em uma cadeira estofada, com os olhos não muito avermelhados, ao pegar o Reporter daquela manhã.

— Tenho que trabalhar — ele disse para a Srta. Raudenbush às onze. E novamente ao meio-dia: — Tenho que trabalhar.

Às quinze para uma, começou a ficar com fome: até essa altura, cada movimento, ou mesmo cada momento, estava de acordo com a tradição do roteirista. Mesmo aquela incerta irritação com o fato de que ninguém aparecia para aborrecer, ninguém incomodava, que ninguém tinha interferido no sonho longo e vazio que constituía a sua rotina habitual.

Estava prestes a acusar sua secretária de desrespeito quando uma bem-vinda interrupção surgiu. Um guia do estúdio bateu na sua porta e trouxe para ele um bilhete do seu chefe, Jack Berners.

*Caro Pat:*
*Favor fazer uma pausa e mostrar o estúdio para essas pessoas.*
*Jack*

— Meu Deus! — Pat exclamou. — Como eles esperam que eu vá conseguir terminar qualquer coisa e mostrar o estúdio para essas pessoas ao mesmo tempo? Quem são elas? — ele perguntou ao guia.

— Eu não sei. Um deles parece ser meio de cor. Tem cara de ser um daqueles figurantes que a Paramount trouxe para o *Lanceiros da Índia*. Não fala a nossa língua. O outro...

Pat estava vestindo o casaco para ver com os próprios olhos.

— O senhor vai precisar de mim essa tarde? — perguntou a Srta. Raudenbush.

Ele olhou para ela com infinita reprovação e saiu pela frente do prédio dos roteiristas.

Os visitantes estavam lá. A chamativa figura era alta e tinha um porte elegante, vestido em excelentes trajes ingleses, com a exceção de um turbante. O outro era um jovem de quinze anos, bem claro de pele. Também usava um turbante, além de culotes de lindo corte e um casaco de montaria.

Eles se curvaram formalmente.

— Disseram que vocês querem ver alguns sets — disse Pat. — Vocês são amigos de Jack Berners?

— Conhecidos — disse o jovem. — Permita-me lhe apresentar o meu tio: Sir Singrim Dak Raj.

Provavelmente, pensou Pat, a companhia estava bolando um novo *Lanceiros da Índia*, e esse homem faria o papel do gordo que mandava no Passo Khyber. Talvez colocassem Pat para trabalhar no filme, ganhando trezentos e cinquenta por semana. Por que não? Ele sabia escrever esse negócio:

> LINDO PLANO GERAL. O DESFILADEIRO. *Mostra os nativos atirando de trás das pedras.*
>
> PLANO MÉDIO. *Nativo atingido por bala mergulha de cima de uma pedra alta.* (usar dublê)
>
> PLANO AMERICANO. O VALE. *Tropas britânicas movendo canhão.*

— Vão ficar muito tempo em Hollywood? — perguntou com malícia.

— Meu tio não fala inglês — disse o jovem num tom de voz comedido. — Vamos ficar apenas alguns dias. Veja bem, Sr. Hobby, eu sou o seu filho putativo.

## II

— Eu gostaria muito de conhecer Bonita Granville — continuou o jovem. — Descobri que ela foi emprestada ao seu estúdio.

Eles caminharam rumo ao escritório de produção e Pat levou um minuto para captar o que o jovem havia dito.

— Você é meu o quê? — ele perguntou.

— Seu filho putativo — disse o rapaz, com certa oscilação na voz. — Legalmente, eu sou o filho e herdeiro do Rajá Dak Raj Indore. Mas nasci John Brown Hobby.

— É? — disse Pat. — Explique melhor. Como assim?

— Minha mãe se chama Delia Brown. O senhor se casou com ela em 1926. E ela se divorciou do senhor em 1927, quando eu tinha alguns meses de idade. Depois disso minha mãe me levou para a Índia, onde ela se casou com o meu atual pai adotivo.

— Ah — disse Pat. Haviam chegado ao escritório de produção. — Você quer ver Bonita Granville.

— Sim — disse John Hobby Indore. — Se for conveniente.

Pat olhou para a programação de filmagens na parede.

— Pode ser que seja — ele disse com veemência. — Podemos ver. Quando partiram em direção ao estúdio quatro, ele explodiu.

— Como assim, "meu filho purgativo"? Fico feliz de ver você e tudo mais, mas me diga uma coisa, você é mesmo o garoto que Delia teve em 1926?

— Putativo — John Indore disse. — Na época, você e ela estavam legalmente casados.

Ele se voltou ao tio e falou rapidamente em hindustâni, de um modo que fez o parente mais velho se curvar para frente, olhar para Pat em um exame impassível e dar de ombros sem comentar nada. Todo aquele negócio estava deixando Pat um pouquinho desconfortável.

Quando ele apontou para o restaurante, John quis parar lá para "comprar um cachorro-quente para o tio". Aparentemente, Sir Singrim tinha desenvolvido uma paixão por eles na Feira Mundial de Nova Iorque, de onde haviam acabado de chegar. Pegariam um navio para Madrasta no dia seguinte.

— Seja lá o que acontecer — disse John, melancólico. — Vou ver Bonita Granville. Não me importo se eu não *falar* com ela. Sou jovem demais para ela. Ela já é uma mulher velha para os nossos padrões. Mas gostaria de *vê-la*.

Era um daqueles dias ruins para mostrar o lugar às pessoas. Somente um dos diretores que estava filmando era das antigas, alguém que receberia Pat com boas-vindas, e na porta daquele estúdio ele ainda ouviu falar que o astro não parava de errar as falas, exigindo no fim que o set fosse esvaziado.

Em meio ao desespero, ele levou os turistas para os fundos do estúdio e os acompanhou enquanto passavam por fachadas falsas de navios e cidades e ruas de vilarejos e portões medievais, atrações pelas quais o garoto mostrou certo interesse, mas que Sir Singrim achou decepcionante. Cada vez que Pat os arrastava até a parte de trás para mostrar que era tudo mentira, a expressão no rosto de Sir Singrim mudava de decepção para um ligeiro desdém.

— O que ele disse? — Pat perguntou ao seu descendente depois de Sir Singrim ter entrado com toda a cobiça possível em uma joalheria da Quinta Avenida e encontrar somente entulhos de marcenaria lá dentro.

— Ele é o terceiro homem mais rico da Índia — disse John. — Ele está enojado. Disse que nunca mais vai apreciar um filme americano outra vez. Disse que vai comprar uma das nossas companhias cinematográficas na Índia e fazer com que cada cenário seja tão sólido quanto o Taj Mahal. Ele acha que talvez as atrizes tenham uma fachada falsa também, e que esse é o motivo pelo qual o senhor não nos permite vê-las.

A primeira frase soou como um carrilhão na cabeça de Pat. Se tinha algo que ele gostava, era de um bom dinheiro, e não esses miseráveis e incertos duzentos e cinquenta dólares que compravam sua liberdade.

— Escute — ele disse com súbita determinação. — Vamos tentar o estúdio quatro e dar uma espiada em Bonita Granville.

O estúdio quatro estava duplamente fechado e lacrado pelo restante do dia — o diretor odiava visitantes e, para piorar, o lugar era um cenário de processamento. "Processamento" era um nome genérico para os truques de fotografia que os estúdios usavam na competição uns com os outros, todos vivendo aterrorizados pelo medo de espiões. Mais especificamente, significava que o projetor lançava um fundo em movimento sobre uma tela transparente. Do outro lado da tela, uma cena era representada e gravada diante deste fundo em movimento. O projetor de um lado da tela e a câmera do outro eram tão sincronizados que o resultado terminava mostrando um astro parado diante de uma multidão indiferente na Rua 42 — um astro *de verdade* e uma multidão *de verdade* — e o pobre do nosso olho só aceitava que estava sendo enganado, sem nunca conseguir adivinhar como.

Pat pretendia explicar isso para John, mas John tentava avistar Bonita Granville por detrás da grande massa de cordas enroladas e baldes onde eles se escondiam. Não entraram lá pela porta da frente, mas por uma pequena porta lateral reservada aos técnicos, que Pat por acaso conhecia.

Exausto pela longa caminhada nos fundos do estúdio, Pat pegou uma garrafinha do bolso e ofereceu a Sir Singrim, que declinou. Não ofereceu para John.

— Vai fazer você crescer menos — disse, solene, dando um grande gole.

— Não quero — disse John com dignidade.

Ele estava subitamente alerta. Tinha se deparado com uma imagem mais encantadora que Shiva a menos de cinco metros de distância — as costas, o perfil, a voz. E então ela se afastou.

Ao ver seu rosto, Pat ficou um tanto quanto emocionado.

— Dá para chegar mais perto — ele disse. — Talvez pelo cenário do salão de baile. Eles não estão usando, os móveis estão cobertos.

Eles partiram na ponta dos pés — Pat na frente, seguido por Sir Singrim e depois John. Assim que eles suavemente se mexeram, Pat escutou a palavra "luzes" e parou de imediato. Então, quando um ofuscante brilho esbranquiçado atingiu os olhos deles e a voz gritou "Calem a boca! Estamos gravando!", Pat começou a correr, logo seguido no silêncio branco pelos outros.

O silêncio não durou.

— Corta! — gritou a voz. — Mas que diabo dos infernos!

Do ângulo do diretor, algo no momento inexplicável tinha acontecido na tela. Três gigantescas silhuetas, duas delas com enormes turbantes indianos, atravessaram dançando o que deveria ser um porto da Nova Inglaterra, bagunçando com a filmagem do processamento. O príncipe John Indore não havia apenas visto

Bonita Granville: ele havia atuado com ela no mesmo filme. A silhueta do seu pé pareceu passar milagrosamente pelos cabelos loiros dela.

## III

Eles se sentaram por algum tempo na sala da segurança, até que a informação pudesse chegar a Jack Berners, que estava fora do estúdio. Assim, houve tempo para uma conversa. O papo consistiu em uma arenga um tanto longa de Sir Singrim voltada para John, que traduziu — modificando o tom e talvez as palavras — para Pat.

— Meu tio disse que o irmão dele pretendia fazer algo pelo senhor. Ele achou que talvez, se o senhor fosse um grande roteirista, ele poderia convidá-lo a ir com ele para o seu reino, onde você escreveria sobre a vida dele.

— Eu nunca disse que era...

— Meu tio diz que o senhor é um roteirista infame, em seu próprio país o senhor permitiu que ele fosse tocado por aqueles cachorros da segurança.

— Ah... bolas — murmurou Pat, bem desconfortável.

— Ele diz que a minha mãe sempre desejou o melhor para o senhor. Mas agora ela é uma dama ilustre e sagrada e jamais deveria vê-lo novamente. Ele diz que irá para nossos quartos no hotel Ambassador para meditar, rezar e informá-lo sobre nossa decisão.

Quando foram liberados, e os dois magnatas foram acompanhados em tom apologético até o carro por um puxa-saco do estúdio, Pat teve a impressão de que a decisão já havia sido muito bem tomada. Estava bravo. Por tentar proporcionar ao seu filho uma espiada na Srta. Granville, era bastante provável que ele perdesse o emprego, apesar de não acreditar muito nisso. Ou melhor: ele estava certo de que, quando sua semana chegasse ao fim, ele seria demitido de qualquer forma. Mas, embora fosse um revés muito ruim, Pat se lembrou com muita clareza da tarde que Sir Singrim foi "o terceiro homem mais rico da Índia" e, depois de jantar em um bar na alameda La Cienega, resolveu ir até o hotel Ambassador para descobrir o resultado da reza e da meditação.

Começava a escurecer naquela noite de setembro. O Ambassador era repleto de memórias para Pat, com o Coconut Grove nos seus grandes dias, quando os diretores encontravam belas garotas à tarde e as tornavam estrelas à noite. Havia alguma movimentação em frente à portaria e Pat bisbilhotou a esmo. Uma quantidade de bagagem que ele raramente tinha visto igual, mesmo nas comitivas de Gloria Swanson ou Joan Crawford. Ele se assustou ao ver de repente dois ou três homens de turbantes se movendo ao redor das malas. Pois é, estavam fugindo dele.

Sir Singrim Dak Raj e seu sobrinho, o príncipe John, ambos tirando as luvas como se tivessem recebido ordens, apareceram na porta, quando então Pat se aproximou, surgindo da escuridão.

— Estão saindo de fininho, hein? — ele disse. — Escute, quando você chegar lá, diga a eles que um americano poderia arrumar...

— Eu deixei um recado para o senhor — disse o príncipe John, virando-se na direção do tio. — Vou te dizer, o senhor *foi* gentil hoje à tarde, e realmente foi uma pena.

— Foi sim — concordou Pat.

— Mas vamos compensar o senhor — John disse. — Depois das nossas preces, decidimos que o senhor receberá cinquenta soberanos por mês, duzentos e cinquenta dólares, pelo resto de sua vida terrena.

— O que é que vou ter que fazer para receber isso? — questionou Pat, desconfiado.

— Só será cortado em caso...

John se inclinou e sussurrou no ouvido de Pat, e um alívio entrou nos olhos do roteirista. A condição não tinha nada a ver com bebida ou loiras, realmente nada a ver com ele, de maneira nenhuma.

John começou a entrar na limusine.

— Adeus, pai putativo — ele disse, quase com afeto.

Pat ficou parado, olhando para ele.

— Adeus, meu filho — ele disse. Permaneceu observando a limusine sair de vista. Então se virou, sentindo-se como... como... como Stella Dallas. Havia lágrimas nos seus olhos.

Pai purgativo — seja lá o que isso significava. Depois de alguma ponderação, ele acrescentou para si mesmo: é melhor do que não ser pai.

## IV

Ele acordou na tarde seguinte com uma ressaca feliz, cuja causa ele não conseguia determinar, até que a voz do jovem John pareceu brotar de novo nos seus ouvidos, repetindo: "Cinquenta soberanos por mês, com apenas uma condição, que o pagamento será interrompido em caso de guerra, quando todas as rendas do nosso estado serão revertidas para o Império Britânico".

Com um urro, Pat disparou para a porta. Não havia Los Angeles Times no chão, não havia Examiner, apenas um jornal de turfe. Ele folheou as páginas alaranjadas freneticamente. Embaixo da lista de corridas, com o retrospecto dos cavalos, os eternos oráculos de eternos hipódromos, seus olhos foram atraídos por uma notinha de três centímetros:

> LONDRES, 3 DE SETEMBRO. APÓS A DECLARAÇÃO DE CHAMBERLAIN NESTA MANHÃ, DOUGIE TELEGRAFA: "INGLATERRA CRUZA EM PRIMEIRO, FRANÇA NO PLACÊ, RÚSSIA EM TERCEIRO".

## AS MANSÕES
# DAS ESTRELAS

*THE HOMES OF THE STARS*
AGOSTO DE 1940

Debaixo de um grande guarda-chuva listrado, ao lado de um bulevar, em meio a uma onda de calor em Hollywood, estava sentado um homem. Seu nome era Gus Venske (nenhuma relação com o corredor) e usava calças de tom magenta, sapatos cor de cereja e uma peça de roupa esportiva comprada na rua Vine que lembrava nada mais, nada menos do que a parte de cima de um pijama azul cerúleo.

Gus não era um maluco e de forma alguma suas roupas eram extraordinárias para o seu tempo e a sua localidade. Ele tinha uma profissão — em um anúncio ao lado do guarda-chuva, lia-se:

# VISITE
## As mansões das estrelas

Os negócios iam mal, do contrário Gus não teria abordado o homem pouco próspero que estava parado na rua diante de um carro esbaforido e fumegante, um homem que assistia ansiosamente o esforço do veículo para se resfriar.

— E aí, meu amigo — disse Gus, sem muita esperança. — Quer visitar as mansões das estrelas?

O olhar avermelhado do espectador saiu do automóvel para olhar arrogantemente para Gus.

— Eu *trabalho* no cinema — disse o homem. — Faço parte do esquema.

— Ator?

— Não. Roteirista.

Pat Hobby voltou-se para o carro, que assobiava como uma locomotiva. Ele havia falado a verdade — ou o que havia sido verdade um dia. Muitas vezes, nos velhos tempos, o nome dele chegou a aparecer na tela durante os poucos segundos reservados aos autores, mas, nos últimos cinco anos, seus serviços eram cada vez menos requisitados.

Naquele momento, Gus Venske deu início ao seu intervalo de almoço ao colocar seus panfletos e mapas em uma pasta e sair caminhando com ela debaixo do braço. Como o sol ia ficando cada vez mais forte, Pat Hobby buscou refúgio debaixo da frágil proteção do guarda-chuva e examinou um panfleto sujo que Gus tinha deixado cair no chão. Se Pat não estivesse nos últimos catorze centavos, telefonaria para uma oficina mecânica e pediria auxílio; na situação em que se encontrava, só poderia esperar.

Um tempo depois, uma limusine com placa do Missouri se aproximou até parar ao lado dele. Atrás do motorista, estavam sentados um diminuto homem de bigodes brancos e uma mulher grande com um cachorrinho. Eles conversaram por um instante e então, de um modo um tanto quanto envergonhado, a mulher se inclinou para fora e abordou Pat.

— Quais as mansões das estrelas que podem ser visitadas aqui? — ela perguntou.

Demorou um pouco para isso fazer sentido.

— Digo, podemos ir à casa de Robert Taylor, ou de Clark Gable, Shirley Temple...

— Acho que dá, se você conseguir entrar — disse Pat.

— Porque... — a mulher continuou —, se pudermos entrar nas melhores mansões, nas mais exclusivas, estamos dispostos a pagar mais do que o seu preço de sempre.

Pat teve um lampejo. Aqui estavam reunidos os otários e a grana. Aqui estava o mais precioso dos sonhos de Hollywood: a ideia. Ter a ideia correta significava almoços no Brown Derby, noitadas com garrafas e garotas, um pneu novo para o seu velho carro. E aqui estava uma ideia praticamente se atirando em cima dele.

Ele se levantou e foi para o lado da limusine.

— Claro. Talvez eu possa providenciar isso — enquanto ele falava, sentiu uma pontada de dúvida. — Vocês poderiam pagar antecipado?

O casal trocou olhares.

— Vamos te dar cinco dólares agora — a mulher disse — e cinco dólares se conseguirmos visitar a casa de Clark Gable ou alguém do tipo.

Houve uma época em que algo assim seria muito fácil. No tempo das vacas gordas, quando Pat tinha doze ou quinze créditos por ano, ele poderia ligar para várias pessoas que teriam dito: "Claro, Pat, se isso é importante para você". Mas agora ele podia contar nos dedos quem realmente o reconhecia e falava com ele nos estúdios: Melvyn Douglas e Robert Young e Ronald Colman e Young Doug. Todas as figuras que ele conheceu melhor já haviam se aposentado ou falecido.

Embora não soubesse, a não ser vagamente, onde moravam as novas estrelas, Pat observou que, no panfleto, estavam datilografados vários nomes e endereços com sinais de confirmação marcados a lápis ao lado de cada um.

— Obviamente não tem como dar certeza de que vamos encontrar alguém em casa — ele disse. — Podem estar trabalhando nos estúdios.

— Tudo bem, a gente entende — a mulher olhou para o carro de Pat e desviou o olhar. — É melhor irmos no nosso automóvel.

— Claro.

Pat sentou na frente, ao lado do motorista, tentando pensar rápido. O ator mais agradável ao conversar com ele era Ronald Colman: os dois nunca trocaram mais do que saudações convencionais, mas Pat poderia fingir que estava lá para tentar despertar o interesse dele em um projeto.

Melhor ainda, Colman provavelmente não estava em casa e Pat poderia dar um jeito de fazer seus clientes espiarem a residência. O procedimento, então, poderia ser repetido na casa de Robert Young, de Young Doug e de Melvyn Douglas. Lá pelas tantas, a mulher já teria se esquecido de Gable e a tarde estaria chegando ao fim.

Ele olhou o endereço de Ronald Colman no panfleto e deu as direções para o motorista.

— Conhecemos uma mulher que tirou uma foto com George Brent — disse a mulher assim que eles partiram. — A Sra. Horace J. Ives, Jr.

— É uma vizinha nossa — disse o marido. — Ela mora no número 372 da Rose Drive, em Kansas City. Nós moramos no 327.

— E tirou uma foto com George Brent. Sempre tivemos curiosidade de saber se ela pagou pela foto. Claro, não sei se eu iria tão longe *assim*. Não sei o que iam dizer lá na cidade.

— Acho que realmente não queremos ir tão longe assim — concordou o marido.

— Onde vamos primeiro? — perguntou a mulher, muito tranquila.

— Bom, tenho que fazer umas ligações — disse Pat. — Preciso falar uma coisa com Ronald Colman.

— Ah, ele é um dos meus favoritos. Você conhece ele bem?

— Ah, sim — disse Pat. — Não faço esse trabalho regularmente. Só estou fazendo para um amigo. Sou roteirista.

Tendo a certeza de que o público não conseguiria citar nem mesmo os três maiores roteiristas da região, nomeou-se como autor de vários sucessos recentes.

— Muito interessante — disse o marido. — Eu conheci um escritor uma vez, um tal de Upton Sinclair ou Sinclair Lewis. Não era um mau sujeito, ainda que fosse socialista.

— Por que você não está escrevendo um roteiro agora? — perguntou a mulher.

— Bem, veja só, nós estamos em greve — Pat inventou. — Temos uma coisa chamada Sindicato dos Roteiristas e estamos em greve.

— Ah — os seus clientes olharam com desconfiança para aquele emissário de Stalin no banco da frente do carro.

— Por que estão fazendo greve? — perguntou o homem, desconfortável.

A desenvoltura política de Pat era rudimentar. Ele hesitou.

— Ah, melhores condições de vida — disse finalmente. — Lápis e papel de graça, não sei, está tudo no Ato Wagner. — Após um momento, ele acrescentou, incerto: — E também pelo reconhecimento da Finlândia.

— Não sabia que os roteiristas tinham sindicatos — disse o homem. — Bom, se vocês estão em greve, quem escreve os filmes?

— Os produtores — disse Pat, amargamente. — É por isso que eles estão tão ruins.

— Ora, isso é o que eu chamo de uma situação esquisita.

Eles já podiam ver a casa de Ronald Colman à distância e Pat engoliu com apreensão. Um carro esportivo novo e lustroso estava estacionado na frente.

— É melhor eu entrar primeiro — ele disse. — Quer dizer, nós não vamos querer entrar bem no meio de uma, sei lá, briga de família ou algo assim.

— Ele tem brigas de família? — a mulher perguntou ansiosa.

— Ah, bem, a senhora sabe como as pessoas são — disse Pat, caridoso. — Acho que é melhor verificar primeiro como está o terreno.

O carro parou. Tomando um grande fôlego, Pat saiu. Naquele exato momento a porta da casa se abriu e Ronald Colman desceu apressado pela calçada. O coração de Pat quase parou quando viu o ator olhar em sua direção.

— Olá, Pat — ele disse. Evidentemente Colman não tinha ideia de que Pat era uma visita, pois saltou dentro do carro e o som do motor afogou as respostas de Pat enquanto o automóvel arrancava partindo.

— Nossa, ele chamou o senhor de "Pat" — disse a mulher, impressionada.

— Acho que ele estava com pressa — disse Pat. — Mas talvez a gente possa ver a casa dele.

Ele ensaiou o que dizer enquanto subia pela calçada. Tinha acabado de falar com seu amigo, o Sr. Colman, e recebido permissão para dar uma olhada no local.

Mas a mansão estava fechada e chaveada e não houve resposta nenhuma para o toque da campainha. Ele teria que tentar Melvyn Douglas, cujas saudações, para falar a verdade, eram um pouco mais calorosas que as de Ronald Colman. De qualquer jeito, a fé que seus clientes depositavam nele estava agora firmemente consolidada. Aquele "Olá, Pat" soou incontestável aos ouvidos deles; por tabela, já faziam parte daquele clube exclusivo.

— Agora vamos tentar Clark Gable — disse a mulher. — Quero falar com Carole Lombard sobre o cabelo dela.

Aquela insolência embrulhou o estômago de Pat. Uma vez, em meio a uma multidão, ele conheceu Clark Gable, mas não tinha nenhum motivo para acreditar que o Sr. Gable iria se lembrar.

— Bom, podemos tentar Melvyn Douglas antes e então Bob Young ou Young Doug. Eles moram todos neste mesmo bairro. É meio difícil, Gable e Lombard moram lá no Vale de San Joaquin.

— Ah — disse a mulher, decepcionada. — Eu queria subir para ver o quarto deles. Mas, enfim, a nossa próxima escolha seria Shirley Temple — ela olhou para o cachorrinho. — Eu sei que isso é o que o Boojie aqui iria escolher também.

— Eles têm um certo medo de sequestradores — disse Pat.

Contrariado, o marido apresentou seu cartão de visitas e o entregou a Pat.

*Deering S. Robinson*
**VICE-PRESIDENTE E DIRETOR DO CONSELHO ADMINISTRATIVO
ROBDEER PRODUTOS ALIMENTÍCIOS**

— Por acaso eu tenho *cara* de quem quer sequestrar Shirley Temple?

— É que eles são muito reservados — disse Pat, desculpando-se. — Depois que nós visitarmos Melvyn...

— Não, vamos ver Shirley Temple agora — insistiu a mulher. — Puxa! Eu falei para o senhor o que nós queríamos desde o começo.

Pat hesitou.

— Primeiro vou ter que ir à farmácia e fazer uma ligação para confirmar a possibilidade.

Em uma farmácia, ele trocou uma parte dos cinco dólares por uma garrafinha de gim e deu dois longos goles atrás de um balcão, e só então avaliou a conjuntura. Ele, é claro, poderia fugir imediatamente do Sr. e da Sra. Robinson, pois, no final das contas, ele os apresentou a Ronald Colman, com som, pelas cinco pratas. Por outro lado, eles *talvez* conseguissem pegar a Srta. Temple entrando ou saindo de casa e, para ter um tempo agradável no Santa Anita no dia seguinte, Pat precisava de mais dinheiro. No calor do gim, a sua coragem se intensificou e, ao voltar para a limusine, deu o endereço ao motorista.

No entanto, ao se aproximar da casa de Temple, o seu espírito vacilou ao ver que havia uma grade de ferro alta e um portão elétrico. E por acaso os guias não precisavam ter uma licença?

— Não é aqui — ele disse rapidamente ao motorista. — Eu me enganei. Acho que é na próxima casa, ou passando duas ou três casas.

Ele se decidiu por uma grande mansão com um jardim sem cercas e, mandando o motorista parar, saiu do carro e caminhou até a porta. Foi temporariamente vencido, mas pelo menos poderia trazer uma história para amaciar os turistas — alguma coisa como a Srta. Temple estar com caxumba, por exemplo. Ele poderia apontar para o quarto onde ela repousava da entrada.

Não houve resposta nenhuma para seu toque na campainha, mas ele viu que a porta estava entreaberta. Com muito cuidado, ele a empurrou até abrir. Observou uma sala de estar deserta, de proporções aristocráticas. Ele escutou. Não havia ninguém, nada de passos no andar de cima, nada de murmúrios na cozinha. Pat tomou mais uma dose de gim. Então correu rápido de volta para a limusine.

— Ela está no estúdio — ele disse de imediato. — Mas, se fizermos silêncio, podemos olhar a sala de estar deles.

Ansiosos, os Robinsons e Boojie desembarcaram e o seguiram. A sala de estar poderia ser de Shirley Temple, poderia ser de qualquer um em Hollywood. Pat viu uma boneca num canto e apontou, levando a Sra. Robinson a pegá-la, olhar de forma reverencial e mostrar para Boojie, que cheirou o brinquedo com indiferença.

— Posso ver a Srta. Temple? — ela perguntou.

— Ah, ela não está, não tem ninguém em casa — Pat disse, imprudente.

— Ninguém. Ah... Então Boojie gostaria tanto de dar uma olhadinha no quarto dela.

Antes que ele pudesse responder, ela já tinha subido as escadas correndo. O Sr. Robinson a acompanhou e Pat esperou apreensivo na sala, pronto para fugir caso escutasse o som de alguém chegando do lado de fora ou de um tumulto logo acima.

Ele terminou a garrafa, descartou o frasco vazio educadamente embaixo de uma almofada no sofá e aí, decidindo que a visita no andar de cima estava abusando da sorte, foi atrás dos seus clientes. Na escada, ele ouviu a Sra. Robinson.

— Mas só tem *um* quarto de criança. Eu achava que Shirley tinha irmãos.

Uma janela na escada em espiral dava para a rua e, ao olhar para o lado de fora, Pat viu um carro grande se aproximar do meio-fio. De dentro dele saiu uma celebridade de Hollywood que, ainda que não fosse uma daquelas procuradas pela Sra. Robinson, era incomparável em prestígio e poder. Era o velho Sr. Marcus, o produtor, para quem Pat trabalhou como assessor de imprensa vinte anos antes.

Nesse exato momento, Pat perdeu a cabeça. Em um lampejo, imaginou uma explicação elaborada para o que estava fazendo ali. Não seria perdoado. Suas ocasionais semanas no estúdio a duzentos e cinquenta dólares iriam desaparecer de vez e mais um final seria escrito nesta sua carreira quase que inteiramente acabada. Ele fugiu, impetuosa e rapidamente — descendo as escadas, passando pela cozinha e saindo pelo portão dos fundos, deixando os Robinsons para enfrentar o próprio destino.

Sentiu uma vaga pena deles ao caminhar depressa pela alameda seguinte. Podia ver o Sr. Robinson apresentando o seu cartão de diretor da Robdeer Produtos Alimentícios. Podia ver o ceticismo do Sr. Marcus, a chegada da polícia, a revista minuciosa no Sr. e na Sra. Robinson.

A história provavelmente acabaria por ali, não fosse a certeza de que os Robinsons ficariam furiosos com ele pela fraude. Contariam à polícia onde foi que o encontraram.

De repente ele começou a fraquejar pela rua, com as gotas de gim brotando em abundância pela sua testa. Ele tinha deixado o carro ao lado do guarda-chuva de Gus Venske. E agora se lembrava de outra prova incriminadora e torcia para que Robert Colman não soubesse o sobrenome dele.

# PAT HOBBY
# FAZ SUA PARTE

*PAT HOBBY DOES HIS BIT*
SETEMBRO DE 1940

## I

Para pegar dinheiro emprestado com toda a graciosidade possível, deve-se escolher a hora e o local. É um trabalho difícil, por exemplo, quando o pedinte é estrábico, tem sarampo ou um chamativo olho roxo. Poderíamos seguir por tempo indeterminado, mas as ocasiões pouco auspiciosas podem ser catalogadas em uma só: é extremamente difícil pegar dinheiro emprestado quando a gente está precisando.

Pat Hobby achava complicado pedir empréstimo para um ator durante a gravação de um filme. Era praticamente a tarefa mais dura que ele poderia empreender, mas estava fazendo isso para salvar seu carro. Por um ponto de vista sordidamente comercial, o resgate daquela lata velha não parecia valer a pena, mas, devido às grandes distâncias de Hollywood, era uma ferramenta indispensável para a atividade de roteirista.

— A financeira... — Pat tentava explicar, mas Gyp McCarthy o interrompeu.

— Eu tenho que estar na próxima cena. Quer que eu estrague tudo?

— Eu só preciso de vinte — Pat persistiu. — Não vou arranjar trabalho se eu tiver que ficar trancado no meu quarto.

— Você ia pelo menos economizar dinheiro desse jeito, você já não arranja mais trabalho.

Isso era cruelmente correto. Mas, tendo trabalho ou não, Pat gostava de passar os dias dentro ou próximo de um estúdio. Havia chegado a dolorosos e precários quarenta e nove anos de idade sem nada mais para fazer.

— Tenho uma promessa de um trabalho de revisão para a próxima semana — ele mentiu.

— Ah, vá plantar batatas — disse Gyp. — É melhor você sair do set antes que Hilliard te veja.

Pat lançou um olhar nervoso para o grupo próximo da câmera, e então deu sua cartada final.

— Uma vez... — ele disse —, uma vez eu paguei para você ter um filho.

— Com certeza! — disse Gyp, muito furioso. — Só que isso foi há dezesseis anos. E onde é que ele está agora? Na cadeia por ter atropelado uma velhinha sem ter carteira de motorista.

— Bom, eu paguei a parada — disse Pat. Duzentas pratas.

— Não é nada perto do que me custou. Eu estaria disfarçando a minha idade se eu tivesse grana para emprestar? Eu estaria trabalhando?

De algum lugar na escuridão, um diretor-assistente deu uma ordem:

— Tudo pronto para rodar!

Pat falou rapidamente.

— Está bem — ele disse. — Cinco dólares.

— Não.

— Certo então — os olhos avermelhados de Pat se apertaram. — Vou ficar aqui parado e rogar uma praga enquanto você vai lá dizer a sua fala.

— Ah, pelo amor de Deus! — disse Gyp, receoso. — Escute, eu vou te dar cinco. Está lá no meu casaco. Tá, eu vou pegar.

Ele correu do set e Pat soltou um suspiro de alívio. Talvez Louie, o bookmaker do estúdio, pudesse arranjar mais dez para ele.

De novo a voz do diretor-assistente:

— Todos quietos... Vamos fazer a tomada agora... Luzes!

O clarão penetrou nos olhos de Pat, cegando sua vista. Ele deu um passo na direção errada e, depois, para trás. Seis outras pessoas estavam na tomada, era um esconderijo de mafiosos, e parecia que cada uma delas estava no seu caminho.

— Certo... Pode rodar... Estamos gravando!

Em pânico, Pat foi para trás de uma parte móvel do cenário que o esconderia com a competência necessária. Enquanto os atores executavam a cena, ele permaneceu lá, tremendo um pouco, com as costas arqueadas, sem qualquer ideia de que aquilo era uma tomada com travelling e que a câmera, movendo-se sobre os trilhos, estava quase em cima dele.

— Você aí na janela... Ei, você aí, Gyp! Mãos ao alto.

Como um homem em um sonho, Pat ergueu as mãos: só nesse momento percebeu que estava olhando diretamente para uma grande lente escura. E, num instante, surgiu também a protagonista inglesa, que passou correndo por ele e pulou pela janela. Depois de um interminável segundo, Pat ouviu a ordem: "Corta".

Então ele correu às cegas por uma porta, atravessou um corredor, tropeçou em um cabo, reergueu-se e disparou rumo à entrada. Ouviu o som de pés correndo atrás dele e aumentou o passo, mas, quando chegou à porta, foi ultrapassado e se virou, defensivo.

Era a atriz inglesa.

— Ande logo! — ela exclamou. — Encerrei meu trabalho aqui. Estou voltando para a Inglaterra.

Entrando aos trancos na limusine que a aguardava, ela fez um último comentário irrelevante:

— Meu voo para Nova Iorque sai em uma hora.

*Grande coisa!*, Pat pensou amargamente enquanto ela saía às pressas.

Ele não sabia que a repatriação dela estava prestes a alterar a direção da sua vida.

## II

E ele não conseguiu pegar a nota de cinco: temia que esses cinco dólares em específico estivessem fora do seu alcance por toda a eternidade. Outros meios teriam que ser empregados para manter os cobradores longe das duas portas da sua carruagem. Pat deixou o estúdio com desespero no coração, parando apenas por um momento para a gasolina e para o gim, possivelmente o último de vários drinques que ele e o carro tomaram juntos.

Na manhã seguinte, ele acordou com o problema agravado. Para começar, ele não queria ir ao estúdio. O medo dele não era somente Gyp McCarthy, era todo o poder corporativo de uma companhia cinematográfica, quiçá uma indústria. Na verdade, interferir na filmagem de uma película era de certa forma uma delinquência grave se comparada com as trapalhadas dispendiosas de produtores e roteiristas que saíam, em geral, sem punição.

Por outro lado, o prazo de pagamento do carro venceria depois de amanhã e Louie, o bookmaker do estúdio, parecia positivamente o seu último recurso, e um recurso bastante fraco.

Tomando coragem com um nauseabundo gole do fundo da garrafa, Pat foi até o estúdio às dez horas da manhã com a gola do casaco para cima e o chapéu puxado para baixo por sobre as orelhas. Conhecia uma espécie de rota clandestina entre o departamento de maquiagem e a cozinha do restaurante que poderia levá-lo à sala de Louie sem ser visto.

Dois seguranças do estúdio o capturaram quando ele passava pela barbearia.

— Ei, eu tenho uma autorização! — ele reclamou. — Válida por uma semana, assinada por Jack Berners.

— O Sr. Berners quer justamente ver o senhor.

Pois então, seria banido do estúdio.

— Poderíamos te processar! — exclamou Jack Berners. — Mas não teríamos como recuperar o estrago.

— Que diferença faz uma tomada só? — Pat indagou. — Vocês podem usar qualquer outra.

— Não, não podemos, a câmera travou. E hoje de manhã Lily Keatts pegou um avião para a Inglaterra. Ela achou que já tinha terminado o serviço.

— Corte a cena — sugeriu Pat. E então, inspirado: — Aposto que eu consigo arrumar para você.

— Você arrumou, com certeza! — Berners garantiu a ele. — Se eu soubesse um jeito de arrumar isso de volta ao normal, não teria mandado te trazerem aqui.

Ele hesitou, olhando especulativamente para Pat. O interfone tocou e voz da secretária disse "Sr. Hilliard".

— Peça para ele entrar.

George Hilliard era um homem enorme e o olhar que ele lançou para Pat não foi nada amistoso. Mas havia outro elemento além de raiva naquilo e Pat se contorceu incerto enquanto os dois homens o avaliavam com uma curiosidade quase impessoal, como se ele fosse o candidato para a frigideira de um canibal.

— Bom, até mais — Pat insinuou, apreensivo.

— O que é que você acha, George? — questionou Berners.

— Não sei... — disse Hilliard, indeciso. — Podemos arrancar uns dentes dele.

Pat se levantou depressa e deu um passo em direção à porta, mas Hilliard o agarrou pelo braço e o encarou.

— Vamos ouvir você falar — ele disse.

— Vocês não podem me bater! — Pat exclamou. — Se vocês arrancarem meus dentes, eu vou processar todo mundo.

Houve uma hesitação.

— O que é que você acha? — questionou Berners.

— Ele não sabe falar — disse Hilliard.

— Uma ova que eu não sei falar! — disse Pat.

— Podemos dublar três ou quatro falas — continuou Hilliard — e ninguém vai notar a diferença. A metade dos caras que aparecem para fazer papel de dedo-duro não sabem falar. A questão é que esse aqui tem o físico certo e a câmera vai melhorar o rosto dele também.

Berners assentiu.

— Muito bem, Pat, você vai ser ator. Vai ter que fazer o papel que era de McCarthy. São só algumas cenas, mas são cenas importantes. Você vai ter que assinar uns documentos no Sindicato e na Central de Elenco e pode se apresentar para o trabalho hoje à tarde.

— Mas que história é essa agora? — Pat questionou. — Eu não sou um canastrão — ao se lembrar que Hilliard já havia sido ator um dia, ele se retratou pelo desaforo: — Eu sou roteirista.

— O personagem que você vai fazer se chama "o dedo-duro" — prosseguiu Berners. Ele explicou o porquê de Pat ter que continuar a apresentação de improviso do dia anterior. As cenas que incluíam a Srta. Keatts haviam sido filmadas primeiro, para que ela pudesse cumprir um compromisso na Inglaterra. Mas, para preencher o esqueleto, era necessário mostrar como os mafiosos chegavam ao esconderijo deles, e o que eles fizeram depois que a Srta. Keatts fugiu pela janela. Por ter aparecido na tomada com a Srta. Keatts de maneira tão irrevogável, Pat precisaria aparecer em meia dúzia de outras cenas, todas filmadas nos dias seguintes.

— Qual vai ser o ordenado aqui? — Pat indagou.

— A gente estava pagando cinquenta por dia para McCarthy. Mas só um minuto, Pat. Acho que vou te pagar o salário do seu último trabalho de roteirista, duzentos e cinquenta por semana.

— E quanto à minha reputação? — Pat protestou.

— Não vou responder essa pergunta — disse Berners. — Mas se Benchley consegue atuar, e Don Stewart, e Lewis, e Wilder, e Woollcott, acho que isso não vai te arruinar.

Pat deu um longo suspiro.

— Pode me dar cinquenta de crédito? — ele perguntou. — Porque eu realmente mereci pelo que eu fiz ont...

— Se você tivesse recebido o que mereceu ontem, estaria no hospital agora. E você não vai fazer farra nenhuma. Aqui tem dez dólares para você e isso é tudo o que vou te dar nesta semana.

— E quanto ao meu carro?

— O seu carro que vá para o inferno.

### III

"O dedo-duro" era um tinhoso integrante de uma quadrilha que realizava sabotagens para um governo não identificado de názis. Suas falas eram a própria simplicidade: Pat escreveu falas como aquelas muitas vezes. "Não acabe com ele antes do Cabeça chegar"; "Vamos dar o fora daqui"; "Amigo, você só vai sair daqui num caixão". Pat achou a experiência agradável, a maior parte do tempo envolvia aguardar, como em qualquer trabalho nos filmes, e ele esperava que aquilo pudesse levar a outras oportunidades na mesma linha. Lamentou que o trabalho fosse tão curto.

Sua última cena seria fora do estúdio. Ele sabia que "o dedo-duro" deveria detonar uma explosão na qual ele próprio acabaria morto, mas Pat assistiu várias cenas como aquela e tinha certeza que ele não correria o menor perigo. Lá fora, na parte de trás do estúdio, ficou levemente curioso quando tiraram as medidas da sua cintura e do seu busto.

— Estão fazendo um boneco? — ele perguntou.

— Não exatamente — o figurinista respondeu. — Essa coisa já está pronta, mas era para Gyp McCarthy e eu quero ver se vai servir em você.

— E serve?

— Na medida.

— O que é isso?

— Olha... É um tipo de protetor.

Um suave sopro de apreensão percorreu a mente de Pat.

— Protetor contra o quê? Contra a explosão?

— Claro que não! A explosão é falsa, é só uma tomada com efeitos especiais. Isso é para outra coisa.

— O que é? — Pat insistiu. — Se eu vou ser protegido de alguma coisa, eu tenho o direito de saber o que é.

Próximo à fachada falsa de um armazém, uma bateria de câmeras era posicionada. George Hilliard de repente se afastou de um grupo, andou na direção de Pat e, colocando o braço no seu ombro, o levou para a tenda dos atores. Lá dentro, ele entregou uma garrafinha para Pat.

— Beba um pouco, meu velho.

Pat deu um longo gole.

— Temos um trabalho para fazer, Pat — Hilliard disse. — Precisamos de um novo figurino. Vou explicar enquanto eles te vestem.

Pat teve o casaco e o colete retirados, as calças foram afrouxadas e num instante um gibão de ferro com dobradiças foi afixado ao seu tronco, estendendo-se das axilas até as virilhas, muito parecido a um molde de gesso.

— Isso é um ferro muito forte, da mais alta qualidade, Pat — Hilliard garantiu. — O que existe de melhor em resistência e força elástica. Foi feito em Pittsburgh.

Pat subitamente resistiu aos esforços dos dois contrarregras que tentavam puxar as calças dele por cima daquela coisa e pôr o casaco e o colete de volta.

— Esse negócio é para quê? — ele questionou, com os braços balançando. — Eu quero saber. Você não vai me dar um tiro se é isso que...

— Não vai ter tiro nenhum.

— Então o que é *que é*? Eu não sou um dublê...

— Você assinou um contrato igual ao de McCarthy, aceitando fazer qualquer coisa dentro de limites razoáveis, e nossos advogados já avaliaram tudo.

— O que é? — a boca de Pat estava seca.

— É um automóvel.

— Você vai me atropelar com um automóvel.

— Me dê uma chance para te explicar — Hilliard implorou. — Ninguém vai te atropelar. O carro vai passar em cima de você, só isso. Essa proteção é tão forte...

— Ah, não! — disse Pat. — Ah não! — ele se agitava dentro do espartilho de ferro. — Nem por cima do meu...

George Hilliard imobilizou seus braços com convicção.

— Pat, você quase estragou esse filme uma vez, você não vai fazer isso de novo. Seja homem.

— É o que eu vou ser. Você não vai me esmagar no chão como fez com aquele figurante mês passado.

Ele conseguiu se desvencilhar. Atrás de Hilliard, Pat viu um rosto conhecido, um rosto odioso e temido, que pertencia ao cobrador da Companhia Financeira North Hollywood. No estacionamento estava o seu carrinho, servo e amigo fiel desde 1934, o companheiro de infortúnios, sua única casa certa.

— Ou você cumpre o contrato — disse George Hilliard — ou está fora dos filmes para sempre.

O homem da companhia financeira havia dado um passo para frente. Pat se virou para Hilliard.

— Você me emprestaria... — ele fraquejou. — Você me adiantaria vinte e cinco dólares?

— Claro — disse Hilliard.

Pat falou firme com o cobrador:

— Ouviu isso? Você vai receber o dinheiro, mas, se essa coisa aqui se quebrar, minha morte vai estar na sua conta.

Os próximos minutos se passaram como em um sonho. Ele ouviu as últimas instruções de Hilliard quando saíram da tenda. Pat deveria ficar deitado em uma cova rasa para detonar a dinamite e então o herói passaria com o carro lentamente por cima do seu tronco. Pat escutou desatento. Uma imagem dele mesmo, craquelado como um ovo pendurado na parede da fábrica, atravessava seu pensamento.

Ele encarou o desafio e se deitou na vala. De longe, ouviu o pedido de "silêncio", então a voz de Hilliard e o ruído do motor do carro esquentando.

Alguém gritou "ação!". O som do carro foi aumentando nas proximidades e ficando mais alto. E então Pat Hobby não soube de mais nada.

## IV

Quando Pat acordou, o local estava escuro e silencioso. Por alguns instantes, não conseguiu perceber que região era aquela. Então viu que havia estrelas no céu da Califórnia e que ele estava sozinho em algum lugar. Aliás, que estava sendo abraçado forte pelos braços de outra pessoa. Mas esses braços eram de ferro e ele percebeu que seguia com a proteção metálica. E aí tudo veio à tona, até que ele escutou o carro se aproximar.

Até onde era possível definir, não estava machucado. Mas por que estava aqui fora e sozinho?

Ele lutou para se levantar, mas aceitou que era impossível e, depois de uma terrível espera, deixou escapar um grito pedindo por ajuda. Durante cinco minutos ele berrou em intervalos regulares até que enfim uma voz surgiu de muito longe; e o auxílio chegou na forma de um segurança do estúdio.

— O que é que foi, meu amigo? Bebeu demais?

— Claro que não! — Pat exclamou. — Eu estava na filmagem de hoje à tarde. Foi uma sacanagem irem embora e me deixarem aqui nessa vala.

— Devem ter se esquecido de você no meio daquele agito todo.

— Eles se esqueceram! *Eu* era o agito! Se não acredita em mim, veja o que eu tenho aqui!

O guarda o ajudou a se levantar.

— O pessoal ficou chateado — ele explicou. — Não é todo dia que um astro quebra a perna.

— Como assim? Aconteceu alguma coisa?

— Bom, pelo que eu ouvi, ele tinha que conduzir o carro até bater de leve, mas o carro capotou e quebrou a perna dele. Tiveram que parar de filmar e ficou todo mundo meio abatido.

— E me deixaram dentro disso aqui, desse forno. Como é que eu vou tirar isso agora? Como é que eu vou dirigir meu carro?

Mas, em meio a toda aquela raiva, Pat sentiu também um certo orgulho feroz. Ele era *alguma coisa* nesse cenário, alguém para ser respeitado após anos de rejeição. Ele tinha conseguido um jeito de atrasar o filme mais uma vez.

# A PREMIÈRE DE
# PAT HOBBY

*PAT HOBBY'S PREVIEW*
OUTUBRO DE 1940

## I

— Não tenho nenhum trabalho para você — disse Berners. — Nós temos mais roteiristas do que precisamos agora.

— Eu não estou pedindo trabalho — disse Pat com dignidade. — Mas eu mereço alguns ingressos para a estreia de hoje à noite, já que eu compartilho um crédito na história.

— Ah sim, era sobre isso que eu queria falar com você — Berners contorceu o rosto. — Pode ser que a gente precise retirar o seu nome dos créditos.

— *O quê?* — exclamou Pat. — Mas meu nome já está lá! Eu li no Reporter. *Por Ward Wainwright e Pat Hobby.*

— Mas pode ser que a gente tenha que retirar quando for lançar o filme. Wainwright voltou da Costa Leste e está possesso. Disse que você alegou ter escrito as falas quando tudo o que você fez foi trocar "Não" por "Não, senhor" e "carmesim" por "vermelho" e coisas assim.

— Eu estou nesse negócio há vinte anos — disse Pat. — Eu conheço os meus direitos. Esse cara fez uma meia sola. E eu fui chamado para revisar um par de sapatos!

— Não foi — Berners garantiu. — Depois que Wainwright foi para Nova Iorque, eu chamei você para consertar um personagem de menor importância. Se eu não tivesse ido pescar, você não ia conseguir nem pôr o seu nome no roteiro — Jack Berners parou, comovido pelos olhos abatidos e avermelhados de Pat. — Veja bem, eu fiquei feliz por você ganhar um crédito depois de tanto tempo.

— Vou entrar para o sindicato e lutar contra isso aí.

— Você não vai ter a menor chance. De qualquer forma, Pat, o seu nome vai estar lá hoje à noite pelo menos, e isso vai fazer todo mundo lembrar que você continua vivo. E eu vou te conseguir uns ingressos. Mas fique de olho para o caso de Wainwright aparecer. Não é bom levar uns socos quando se tem mais de cinquenta.

— Eu ainda estou nos quarenta — disse Pat, que tinha quarenta e nove.

O ditógrafo tocou. Berners ligou o aparelho.

— É o Sr. Wainwright.

— Peça para ele aguardar — ele se virou para Pat. — É Wainwright. É melhor você sair pela porta lateral.

— E quanto aos ingressos?

— Passe aqui hoje à tarde.

Para um jovem e ascendente poeta das telas, isso poderia ter sido um golpe esmagador, mas Pat era feito de um material mais duro. Não duro consigo mesmo, mas com o destino cruel que o perseguia por quase uma década. Com toda a sua experiência, e com a ajuda de cada erva daninha que brota entre a Washington Boulevard e a Ventura, entre Santa Monica e a Vine, ele continuava desgovernado. Às vezes se agarrava momentaneamente a um arbusto, encontrava algumas semanas de alívio descansando na ilha chamada "bico", mas em geral a deriva continuava em um compasso que deixaria homens mais fracos atordoados.

De todo jeito, após estar em segurança fora do escritório de Berners, Pat olhou para frente, e não para trás. Ele imaginou um drinque com Louie, o bookmaker, e mais tarde uma ligação para velhos amigos do estúdio. Ocasionalmente, mas com uma frequência menor a cada ano, algumas dessas ligações evoluíam para trabalhos com a mesma velocidade que se leva para dizer "Santa Anita". No entanto, depois que havia tomado a sua bebida, seus olhos pousaram em uma garota perdida.

Ela estava obviamente perdida. Permanecia parada, apreciando de maneira muito graciosa os caminhões cheios de figurantes que rodavam na direção do restaurante. Então percorria os olhos ao redor, desamparada — tão desamparada que um caminhão estava quase em cima dela quando Pat a alcançou e a puxou para o lado.

— Ah, obrigada — ela disse. — Obrigada, eu vim com um grupo de pessoas para uma visita ao estúdio e um guarda me mandou deixar a câmera num escritório. Aí eu fui ao estúdio cinco, onde o nosso guia disse que era para ir, mas estava fechado.

Ela era uma "Loirinha Bonitinha". Para os olhos insalubres de Pat, loirinhas bonitinhas pareciam tão semelhantes entre si como uma fileira de bonecos de papel. É claro, elas todas tinham nomes diferentes.

— Vamos dar uma olhada nisso — disse Pat.

— Você é muito gentil. Sou Eleanor Carter, de Boise, Idaho.

Ele disse a ela seu nome e que era roteirista. Ela pareceu decepcionada num primeiro momento, e então deslumbrada.

— Um roteirista? Ah, claro. Eu sabia que eles tinham que ter pessoas para escrever os filmes, mas acho que nunca tinha ouvido falar nelas antes.

— Os roteiristas chegam a ganhar três mil dólares por semana — ele garantiu a ela com firmeza. — Alguns dos maiores figurões de Hollywood são roteiristas.

— Veja só, eu nunca tinha pensado nisso.

— Bernard Shaw trabalhou aqui — ele disse. — E Einstein também, mas os dois não passaram no teste.

Eles caminharam até o mural de recados. Pat descobriu que havia filmagens agendadas em três pavilhões e que um dos diretores era um amigo do passado.

— O que você escreveu? — Eleanor perguntou.

Um grande astro surgiu no horizonte e Eleanor foi toda olhares enquanto ele passava. De qualquer forma, os nomes dos filmes de Pat seriam desconhecidos para ela.

— Eram todos mudos — ele disse.

— Ah. Então qual foi a última coisa que você escreveu?

— Bom, fiz um trabalho para a Universal... Não sei qual foi o nome que deram no fim... — ele viu que não a impressionava nem um pouco. Pensou rapidamente: do que eles sabiam em Boise, Idaho? — Eu escrevi *Marujo intrépido* — disse corajosamente. — E *Piloto de provas* e *O morro dos ventos uivantes* e... E *Cupido é moleque teimoso* e *A mulher faz o homem*.

— Ah! — ela exclamou. — São todos filmes que eu adoro. E *Piloto de provas* é o filme favorito do meu namorado e *Vitória amarga* é o meu.

— Achei *Vitória amarga* um pequeno engano — ele disse com modéstia. — Coisa de intelectual — e emendou para equilibrar a balança da verdade: — Estou aqui há vinte anos.

Eles chegaram a um pavilhão e entraram. Pat deu o seu nome para o diretor e os dois foram liberados. Assistiram Ronald Colman ensaiar uma cena.

— Você escreveu este aqui? — Eleanor sussurrou.

— Eles me pediram — Pat disse —, mas eu estava ocupado.

Ele se sentiu novamente jovem, dominante e ativo, com as mãos em vários estratagemas. Então lembrou de um detalhe.

— Tenho a première de um filme hoje à noite.

— Tem *mesmo*?

Ele assentiu.

— Eu ia levar Claudette Colbert, mas ela está resfriada. Você quer ir comigo?

## II

Ele ficou alarmado quando ela mencionou uma família, e aliviado quando ela disse que era apenas uma tia que morava lá. Seria como nos velhos tempos, passeando com uma loirinha bonitinha pela multidão curiosa na calçada. Seu carro era da turma de 1933, mas ele podia dizer que era emprestado, porque um dos seus criados orientais tinha batido a sua limusine. E depois? Ele não sabia ao certo, mas poderia fingir bem por uma noite.

Ele pagou um almoço a ela no restaurante e ficou tão excitado que pensou em pegar emprestado o apartamento de alguém por um dia. Havia a velha história sobre "dar um teste a ela". Mas Eleanor só queria saber de ir num salão de beleza para se arrumar para a noite, e ele a acompanhou até o portão com relutância. Tomou mais um drinque com Louie e foi ao escritório de Jack Berners pegar os ingressos.

A secretária de Berners já tinha deixado tudo pronto num envelope.

— Foi uma briga conseguir esses aí, Sr. Hobby.

— Briga? Por quê? Um homem não pode ir na sua própria pré-estreia? É alguma novidade por aqui?

— Não é isso, Sr. Hobby — ela disse. — O filme está sendo muito falado, todos os lugares estão ocupados.

Inconformado, ele reclamou:

— E nem se lembraram de mim.

— Desculpe por isso — ela hesitou. — Na verdade esses ingressos são do Sr. Wainwright. Ele ficou tão bravo com alguma coisa que disse que não iria mais, e aí atirou os ingressos na minha mesa. Eu não deveria nem estar contando essa história para o senhor.

— Estes são os ingressos *dele*?

— Isso, Sr. Hobby.

Pat sentiu a língua salivar. A notícia tinha a essência de um triunfo. Wainwright perdeu a calma, a última coisa que se deve fazer no cinema — pode-se apenas fingir que se perde a calma —, e portanto a barraca dele talvez não estivesse mais de pé.

Talvez Pat pudesse até levar o caso ao Sindicato dos Roteiristas, se o Sindicato dos Roteiristas permitisse sua entrada.

Esse problema era acadêmico. Ele encontraria Eleanor às cinco da tarde e a levaria "para um coquetel em algum lugar". Comprou uma camisa de dois dólares, trocando de roupa na loja, e um chapéu de quatro dólares, cortando pela metade sua conta bancária, uma conta que, desde o feriado bancário de 1933, ele carregava com cuidado no bolso.

Um modesto bangalô em West Hollywood entregou Eleanor sem resistência. Seguindo o conselho dele, ela não estava em um vestido de gala, mas estava tão elegante e radiante quanto qualquer outra loirinha bonitinha do passado de Pat. E bem disposta também.

— Quer fazer um teste? — ele perguntou quando eles entravam no Brown Derby Bar.

— Que garota não iria querer?

— Algumas não querem, nem por um milhão de dólares — Pat já enfrentou certas adversidades na sua vida amorosa. — Algumas preferem ficar batendo dedo na máquina de escrever ou saindo por aí. Você ia se surpreender.

— Eu faria praticamente qualquer coisa por um teste — Eleanor disse.

Olhando para ela duas horas depois, ele se perguntou sinceramente se aquilo não poderia ser providenciado. Havia Harry Gooddorf — havia Jack Berners —, mas seu cartaz estava baixo em todas as frentes. Poderia fazer *alguma coisa* para ela, ele resolveu. Tentaria pelo menos despertar o interesse de um agente, se tudo desse certo no dia seguinte.

— O que você vai fazer amanhã? — ele perguntou.

— Nada — ela respondeu depressa. — Não é melhor jantarmos e irmos para o evento?

— Claro, claro.

Ele fez mais uma usurpação da sua conta bancária para pagar os seus seis uísques, pois você certamente tem o direito de comemorar antes da própria pré-estreia, e a levou num restaurante para jantar. Eles comeram pouco. Eleanor estava excitada demais, Pat ingeriu suas calorias de outra forma.

Já tinha se passado um longo tempo desde a última vez em que ele assistiu um filme com o seu nome. Pat Hobby. Como um homem do povo, ele sempre apareceu nos títulos como Pat Hobby. Seria bacana ver isso de novo e, ainda que ele não esperasse ver os seus velhos amigos se levantarem para cantar *Parabéns pra você*, tinha certeza que haveria tapinhas nas costas e até mesmo uma pequena onda de atenção dirigida a ele quando a multidão deixasse a sala. Seria bacana.

— Estou assustada — disse Eleanor enquanto caminhavam pela passarela lotada de fãs.

— Estão olhando para você — ele disse com confiança. — Eles veem esse rostinho bonito e tentam descobrir se você é atriz.

Um fã empurrou um álbum de autógrafos e um lápis na direção de Eleanor, mas Pat a conduziu adiante com a maior firmeza. Era tarde, o equivalente de um "todos a bordo" estava sendo gritado na entrada.

— Os ingressos, por favor, senhor.

Pat abriu o envelope e entregou os bilhetes para o porteiro. Então disse a Eleanor:

— Os lugares são reservados, não importa se a gente se atrasar.

Ela se encostou nele, refugiando-se — aquilo era, como se descobriu, o ponto alto da noite para ela. Quando estavam a menos de três passos da sala, uma mão pousou no ombro de Pat.

— Ei, garotão, esses ingressos não são para este evento aqui.

Antes deles se darem conta, estavam de volta ao lado de fora da porta, sendo encarados com olhares de desconfiança.

— Eu sou Pat Hobby. Eu que escrevi o filme.

Por um instante, a credulidade esteve do seu lado. Então o porteiro durão deu uma fungada em Pat e se aproximou.

— Amigo, você está bêbado. Esses ingressos são para outro evento.

Eleanor olhou e sentiu apreensão, mas Pat estava tranquilo.

— Vá lá dentro e pergunte para Jack Berners — Pat disse. — Ele vai te confirmar.

— Pois bem, escute aqui — disse o imponente guarda —, esses ingressos são para um teatro de revista lá em Los Angeles — ele foi empurrando Pat para o lado com diligência. — Você vai para o teatro, você e a sua namorada. E vão se divertir.

— Você não está entendendo. Eu escrevi esse filme.

— Claro. Vai sonhando.

— Olhe o programa. Meu nome está lá. Eu sou Pat Hobby.

— Tem provas? Mostre sua carteira de motorista.

Ao entregar a carteira, Pat sussurrou para Eleanor:

— Não se preocupe.

— Aqui não diz Pat Hobby — anunciou o porteiro. — Diz que o carro é propriedade da Companhia Financeira North Hollywood. É você?

Pela primeira vez na vida, Pat não conseguiu pensar em nada para dizer. Ele lançou um rápido olhar para Eleanor. Nada no rosto dela indicava que ele fosse qualquer coisa além daquilo que ele pensava ser: alguém completamente sozinho.

## III

Embora a multidão da estreia estivesse começando a se dispersar, com aquele vago questionamento americano sobre o porquê de terem ido lá afinal de contas, um pequeno grupo encontrou algo de interessante e pungente nos rostos de Pat e Eleanor. Eram obviamente penetras, intrusos como eles, mas a multidão se ressentia pela imprudência do esforço deles para entrar, uma imprudência que não compartilhavam. Vaias discretas podiam ser ouvidas. Então, quando Eleanor já começava a se afastar da desagradável cena, houve uma agitação próxima à porta. Um homem bem-vestido, de mais de um metro e oitenta, saiu a passos largos da sala e ficou parado, olhando em volta, até avistar Pat.

— Aí está você! — ele gritou.

Pat reconheceu Ward Wainwright.

— Vá lá dentro e veja! — Wainwright vociferou. — Veja aquilo lá. Tome uns ingressos aqui! Acho que um contrarregra dirigiu o filme! Vá lá ver! — para o porteiro, disse: — Está tudo bem! Ele é o roteirista! Eu não vou deixar que coloquem meu nome nem em um segundo desse filme!

Tremendo de frustração, Wainwright lançou as mãos ao alto e saiu intempestivamente em direção à multidão curiosa.

Eleanor estava apavorada. Mas o mesmo espírito que inspirava o seu "faria qualquer coisa para estar no cinema" a manteve lá parada, ainda que ela sentisse dedos invisíveis se esticando para arrastá-la de volta a Boise. Estava querendo fugir — impetuosa e rapidamente. O porteiro durão e o estranho alto haviam cristalizado seus sentimentos de que Pat era "um tanto quanto simplório". Ela nunca deixaria aqueles olhos avermelhados se aproximarem dela, no máximo para um beijo de despedida na porta de casa. Ela estava se guardando para alguém, e não era para Pat. Ainda assim, Eleanor sentiu que a multidão que tardava em ir era um tributo a ela, algo que ela nunca antes havia exigido para si. Por várias vezes lançou um olhar para o público, um olhar que agora passava de um medo vacilante para uma certa majestade.

Ela se sentia exatamente como uma estrela.

Pat também era pura confiança. Essa era a *sua* grande estreia; tudo caiu nas suas mãos: seu nome estaria sozinho na tela quando o filme fosse lançado. É preciso ter o nome de alguém lá, não é? E Wainwright retirou o dele.

ROTEIRO DE PAT HOBBY

Ele tomou o cotovelo de Eleanor com um aperto firme e a conduziu triunfantemente em direção à porta.

— Anime-se, meu bem. É assim que as coisas funcionam. Viu só?

# NÃO CUSTA TENTAR

*NO HARM TRYING*
NOVEMBRO DE 1940

## I

O apartamento de Pat Hobby ficava em frente a uma delicatéssen na alameda Wilshire. E lá ficava Pat, cercado pelos seus livros — *O almanaque do cinema* de 1928 e o *Guia de trilhas editado por Barton, 1939* —, pelos seus retratos, por fotografias com autênticos autógrafos de Mabel Normand e Barbara La Marr (que, por já estarem falecidas, não tinham valor nenhum nas lojas de penhores), e pelos seus pés em sapatos de couro surrado, que repousavam sobre o braço de um sofá inclinado.

Pat estava "no fim dos seus recursos", embora essa expressão seja sombria demais para descrever uma condição relativamente corriqueira na sua vida. Era um veterano no cinema; conheceu uma vida suntuosa, mas, nos últimos dez anos, era difícil segurar os trabalhos, mais difícil do que segurar os copos.

— Pense nisso — ele seguidamente se lamentava. — Só um roteirista. Aos quarenta e nove.

Durante toda a tarde ele folheou as páginas do The Times e do Examiner buscando uma ideia. Ainda que não tivesse a intenção de escrever um filme a partir da tal ideia, precisava dela para conseguir entrar num estúdio. Sem uma história para apresentar era cada vez mais difícil passar pelo portão. Mas, mesmo que esses dois jornais, juntamente com a Life, fossem as fontes mais vasculhadas para "originais", eles não trouxeram nenhuma novidade nessa tarde. Havia guerras, um incêndio no cânion de Topanga, publicidade dos estúdios, corrupções a nível municipal e sempre as redentoras façanhas dos Troianos, mas Pat não encontrou nada para competir em interesse humano com a página das corridas.

*Se eu pudesse ir ao Santa Anita*, pensou, *talvez conseguisse uma ideia sobre os pangarés.*

Essa animadora premissa foi interrompida pelo seu senhorio, da delicatéssen logo abaixo.

— Já falei que não iria te passar mais recados — disse Nick. — E *vou continuar* não fazendo isso. Mas o próprio Sr. Carl Le Vigne está telefonando do estúdio e quer que você vá para lá agora mesmo.

A possibilidade de um trabalho dava uma mexida em Pat. Ela anestesiava os claudicantes e sofridos restos da sua masculinidade e o inoculava com uma suave e tranquila convicção. Os discursos e as atitudes prontas do sucesso retornavam a ele. Seus trejeitos quando piscava ao guarda do estúdio, quando parava para conversar com Louie, o bookmaker, e quando se apresentava para a secretária do Sr. Le Vigne indicavam que ele esteve empenhado em tarefas significativas em outras partes do planeta. Ao saudar Le Vigne com um atrevido "O-*lá*, Capitão!", comportava-se quase como um igual, um tenente de confiança que nunca havia se afastado de fato.

— Pat, sua esposa está no hospital — Le Vigne disse. — Isso provavelmente vai estar nos jornais hoje à tarde.

Pat se assustou.

— Minha esposa? — ele disse. — Que esposa?

— Estelle. Ela tentou cortar os pulsos.

— Estelle! — Pat exclamou. — Está falando de *Estelle*? Caramba, eu só fui casado com ela por três semanas!

— Ela foi a melhor esposa que você já teve — Le Vigne disse, com severidade.

— Eu sequer tinha ouvido falar dela nos últimos dez anos.

— Pois está ouvindo agora. Ligaram para todos os estúdios tentando te localizar.

— Eu não tive nada a ver com isso.

— Eu sei, ela chegou aqui faz só uma semana. Teve muito azar em todos os lugares onde morou. Nova Orleans? O marido morreu, o filho morreu, ficou sem dinheiro...

Pat respirou mais aliviado. Não estavam tentando culpá-lo por nada.

— Enfim, ela vai sobreviver — Le Vigne garantiu, meio redundante. — E ela já foi a melhor revisora para os roteiros do estúdio. Queremos cuidar dela. Achamos que a melhor forma de fazer isso seria dando um trabalho a você. Não exatamente um trabalho, porque eu sei que você não estaria disposto — ele olhou para os olhos avermelhados de Pat. — É mais uma sinecura.

Pat ficou apreensivo. Ele não conhecia a palavra, mas ouvir "sina" o perturbou e "cura" trouxe toda uma enxurrada de memórias desagradáveis.

— Você vai ficar na folha de pagamento ganhando duzentos e cinquenta durante três semanas — disse La Vigne —, mas cento e cinquenta vão para o hospital para pagar as despesas da sua esposa.

— Mas nós estamos divorciados! — Pat protestou. — E nem foi um esquema mexicano nem nada. Eu fiquei casado desde aquela época, e ela...

— É pegar ou largar. Pode ficar com uma sala aqui e, se aparecer alguma coisa que você possa fazer, a gente te avisa.

— Eu nunca trabalhei ganhando cem por semana.

— Não estamos pedindo para você trabalhar. Se você quiser, pode até ficar em casa.

Pat voltou atrás.

— Ah, eu vou trabalhar — disse rápido. — Arranje uma boa história para mim e eu vou te mostrar se posso ou não posso trabalhar.

Le Vigne escreveu uma frase em uma tira de papel.

— Certo. Eles vão te dar uma sala.

No lado de fora, Pat olhou para o memorando.

Estava escrito: *Sra. John Devlin — Hospital Bom Samaritano*.

As palavras simples o irritaram.

— Bom Samaritano! — exclamou. — É um bom antro de vigaristas! Cento e cinquenta pratas por semana!

## II

Pat já recebeu muitos trabalhos por caridade, mas esse foi o primeiro que o fez se sentir envergonhado. Ele não se preocupava em *não fazer por merecer* seu salário, mas não embolsar o valor era outra questão. E ele se perguntou se as outras pessoas no estúdio que obviamente não faziam nada estavam sendo devidamente pagas por isso. Havia, por exemplo, uma série de lindas jovens que andavam por aí, distantes como se fossem estrelas, e que Pat chegou a confundir com acompanhantes, até que Eric, o garoto de recados, contou a ele que elas tinham sido importadas de Viena e Budapeste e que só não haviam sido selecionadas para nenhum filme ainda. Por acaso metade dos salários dessas mulheres era usado para sustentar os maridos com quem elas só foram casadas por três semanas?

A mais encantadora delas era Lizzette Starheim, uma loira de olhos cor de violeta com um ar de desilusão mal disfarçado. Pat via Lizzette sozinha ao entardecer quase todos os dias no restaurante, e veio a conhecê-la um dia quando ele simplesmente sentou em uma cadeira na frente dela.

— Olá, Lizzette — disse. — Eu sou Pat Hobby, o roteirista.

— Ah, o-*lá*.

Ela esboçou um sorriso tão brilhante que, por um momento, ele achou até que ela poderia já ter ouvido falar nele.

— Quando é que vão te colocar em um filme, hein? — ele questionou.

— Eu não sei — o sotaque dela era suave e marcante.

— Não deixe eles te enrolarem. Não com um rosto desses — a beleza dela despertou uma eloquência enferrujada. — Às vezes eles te mantêm contratada até os seus dentes caírem porque você se parece demais com a grande estrela deles.

— Ah, não — ela disse angustiada.

— Ah, sim — ele garantiu. — Estou *te* dizendo. Por que não vai para outro estúdio, arranjar um contrato de empréstimo? Chegou a pensar nessa ideia?

— Acho maravilhoso.

Ele quis se estender no assunto, mas a Srta. Starheim olhou para o relógio e se levantou.

— Eu tenho que ir agora, Sr...

— Hobby. Pat Hobby.

Pat então se juntou a Dutch Waggoner, o diretor, que tentava a sorte com uma garçonete em outra mesa.

— Está de folga dos filmes, Dutch?

— De folga uma ova! — disse Dutch. — Faz seis meses que não faço um filme e ainda tenho seis meses de contrato. Estou tentando romper. Quem era aquela loirinha?

Mais tarde, de volta na sua sala, Pat discutiu esses encontros com Eric, o garoto de recados.

— Todo mundo com contrato e sem ter para onde ir — disse Eric. — Veja só esse Jeff Manfred agora, produtor associado! Fica sentado na sala dele e manda recados para os figurões, e eu volto com a notícia de que eles estão em Palm Springs. Isso me parte o coração. Ontem ele pôs a cabeça na mesa e uivou de choro.

— Qual é a resposta para isso? — perguntou Pat.

— Mudança na gerência — sugeriu Eric, com ar sombrio. — Tem uma reestruturação vindo aí.

— Quem é que vai para o topo? — Pat perguntou, mal escondendo a excitação.

— Ninguém sabe — disse Eric. — Mas como eu queria subir! Rapaz! Eu queria um trabalho de roteirista. Tenho três ideias, tão novas que ainda estão nas fraldas.

— Não é uma vida que se preste — Pat declarou com convicção. — Trocaria com você agora mesmo.

No corredor, no dia seguinte, ele interceptou Jeff Manfred, que caminhava com a pressa pouco convincente de quem não tem um destino para ir.

— Por que essa pressa, Jeff? — Pat questionou, apertando o passo.

— Estou lendo uns roteiros — Jeff arquejou sem muita firmeza. Pat o levou contra a vontade para a sua sala.

— Jeff, você ouviu falar da reestruturação?

— Pat, veja bem... — Jeff olhou nervosamente para as paredes. — Que reestruturação? — ele questionou.

— Ouvi falar que esse tal de Harmon Shaver vai ser o novo chefe — Pat arriscou. — Wall Street no comando.

— Harmon Shaver! — Jeff debochou. — Ele não sabe nada de filmes, é só o homem do dinheiro. Anda por aí feito uma alma penada — Jeff se sentou e reconsiderou: — Mesmo assim. Se você estiver *certo*, ele seria um homem acessível — ele lançou um olhar pesaroso para Pat. — Faz um mês que não consigo ver nem La Vigne, nem Barnes, nem Bill Behrer. Não arranjo os direitos de nada, não arranjo ator, não arranjo história — ele parou. — Estou pensando em garimpar eu mesmo um projeto. Tem alguma ideia?

— Se eu tenho? — disse Pat. — Tenho três ideais tão novas que ainda estão nas fraldas.

— Para quem?

— Lizzette Starheim — disse Pat. — Com Dutch Waggoner dirigindo, o que acha?

— **E**stou cem por cento com vocês — disse Harmon Shaver. — Essa é a experiência mais animadora que eu já tive no cinema — ele tinha um sorrisinho brilhante de vendedor de títulos bancários. — Deus do céu, isso me lembra de um circo que a gente inventou quando eu era um menino.

Eles foram discretamente ao escritório dele como se fossem conspiradores — Jeff Manfred, Waggoner, Srta. Starheim e Pat Hobby.

— Você gosta da ideia, Srta. Starheim? — Shaver prosseguiu.

— Acho maravilhosa.

— E você, Sr. Waggoner?

— Só peguei a linha geral — disse Waggoner com a cautela de um diretor. — Mas parece ter aquela velha pegada emocional — ele piscou para Pat. — Não sabia que esse velho vagabundo era capaz disso.

Pat estava radiante de orgulho. Jeff Manfred, embora estivesse exaltado, foi menos sanguíneo.

— É importante que ninguém fale a respeito — disse nervosamente. — Os Grandões dariam um jeito de acabar com isso. Em uma semana, quando tivermos o roteiro pronto, aí nós vamos lá até eles.

— Concordo — disse Shaver. — Eles mandam no estúdio há tanto tempo que... Bom, eu não confio nem nas minhas próprias secretárias, mandei todas elas para verem as corridas agora de tarde.

De volta na sala de Pat, Eric, o garoto de recados, aguardava. Não sabia que era a dobradiça sobre a qual um grande acontecimento iria se apoiar.

— Gostou do negócio, hein? — ele perguntou, ansioso.

— Muito bom — disse Pat com calculada indiferença.

— Você me disse que ia pagar mais pela próxima leva.

— Tenha piedade! — Pat ficou ofendido. — Quantos garotos de recados ganham setenta e cinco dólares por semana?

— Quantos garotos de recados sabem escrever?

Pat ponderou. Dos duzentos e cinquenta semanais que Jeff Manfred adiantou do próprio bolso, ele naturalmente concedeu a si mesmo uma comissão de sessenta por cento.

— Vou subir para cem — ele disse. — Agora se mande do estúdio e me encontre na frente do bar do Benny.

No hospital, Estelle Hobby Devlin estava sentada na cama, arrebatada pela visita inesperada.

— Fico contente por você ter vindo, Pat — ela disse. — Você tem sido muito gentil. Recebeu meu recado?

— Corta esse papo — Pat disse grosseiramente. Ele nunca gostou da esposa. Ela o amou demais, até descobrir subitamente que ele era um péssimo amante. Na presença dela, ele se sentia inferior.

— Tem um garoto esperando lá fora — ele disse.

— Por quê?

— Achei que talvez você não tivesse nada para fazer e quem sabe pudesse me pagar de volta por toda essa coisa aqui...

Ele abanou a mão no quarto vazio do hospital.

— Você já foi uma tremenda revisora. Se eu te trouxer uma máquina de escrever, você acha que consegue arrumar a continuidade de um bom material?

— Pois... Sim. Acho que eu poderia, sim.

— É segredo. Não podemos confiar em ninguém do estúdio.

— Tudo bem — ela disse.

— Vou mandar o garoto entrar com o material. Tenho uma reunião agora.

— Tudo bem. E... Oh, Pat... Venha me visitar de novo.

— Claro. Eu venho.

Mas ele sabia que não iria. Não gostava de quartos adoecidos, ele próprio morava em um. A partir de agora, não queria mais saber de pobreza e fracasso. Admirava a força — levaria Lizzette Starheim para um evento de luta livre naquela noite.

## IV

Em suas reflexões íntimas, Harmon Shaver se referia à revelação como "a festa-surpresa". Iria confrontar

Le Vigne com um *fait accompli* e reuniu seu clubinho antes de telefonar para Le Vigne para pedir que viesse ao seu escritório.

— Para quê? — Le Vigne quis saber. — Não pode me falar agora? Estou ocupado pra diabo.

Essa arrogância irritava Shaver, que estava ali para cuidar dos interesses dos acionistas da Costa Leste.

— Não estou pedindo muito — ele disse, ríspido. — Deixo vocês rirem de mim pelas costas e me darem um gelo. Mas agora eu tenho algo para mostrar e gostaria que você viesse aqui.

— Tudo bem, tudo bem...

As sobrancelhas de Le Vigne se ergueram quando ele viu os integrantes da nova unidade de produção, mas ele não disse nada, apenas se atirou em uma poltrona com os olhos voltados para o chão e os dedos sobre a boca.

O Sr. Shaver deu a volta ao redor da mesa e despejou as palavras que estavam fermentando dentro dele há meses. Sublimada à essência, a sua reclamação era: *Vocês não queriam me deixar brincar, mas vou brincar mesmo assim*. Então ele acenou com a cabeça para Jeff Manfred, que abriu o roteiro e leu o texto em voz alta. Isso levou uma hora, e ainda assim La Vigne permaneceu imóvel e calado.

— Aí está — disse Shaver, triunfante. — A menos que você tenha alguma objeção, penso que devemos definir um orçamento para esta proposição e seguir adiante. Vou dar uma resposta ao meu pessoal.

Le Vigne finalmente falou.

— Você gostou, Srta. Starheim?

— Acho maravilhoso.

— Em qual língua a senhorita vai atuar?

Para a surpresa de todos, a Srta. Starheim se pôs de pé.

— Tenho que ir agora — ela disse com seu sotaque agudo.

— Sente e me responda — disse Le Vigne. — Em qual língua a senhorita vai atuar?

A Srta. Starheim ficou chorosa.

— Wenn eu gute professoras hätte konnte ich dann essa papel gut spielen — ela gaguejou.

— Mas a senhorita gostou do roteiro.

Ela hesitou.

— Acho maravilhoso.

Le Vigne se virou para os outros.

— A Srta. Starheim está aqui há oito meses — ele disse. — Ela já teve três professoras. A menos que alguma coisa tenha mudado nas últimas duas semanas, ela só sabe dizer três frases. Sabe dizer "Como vai", sabe dizer "Acho maravilhoso" e sabe dizer "Tenho que ir agora". A Srta. Starheim se revelou uma palerma, e isso não é um insulto, porque ela não sabe o que isso significa. Enfim, aí está sua estrela.

Ele se voltou para Dutch Waggoner, mas Dutch já estava em pé.

— Escute, Carl — ele disse na defensiva.

— Você me força a isso — disse Le Vigne. — Eu já confiei em beberrões até um certo ponto, mas Deus me livre confiar num drogado.

Ele se virou para Harmon Shaver.

— Dutch trabalhou bem por exatamente uma semana nos seus últimos quatro filmes. Ele está bem agora, mas assim que a pressão aumentar ele vai recorrer ao pozinho branco. Agora, Dutch! Não vá dizer nada que você vá se arrepender depois. Estamos te levando na *expectativa*, mas você não vai entrar num set até arranjarmos um atestado médico de um ano.

Novamente ele se virou para Harmon.

— Aí está o seu diretor. E o seu supervisor, Jeff Manfred, está aqui por um motivo apenas, porque ele é primo da esposa de Behrer. Nada contra ele, mas ele pertence à época dos filmes mudos tanto quanto... Tanto quanto... — seus olhos pousaram em um homem trêmulo e quebrado. — Tanto quanto Pat Hobby.

— Como assim? — Jeff questionou.

— Você confiou em Hobby, não foi? Isso explica toda a história — ele se voltou outra vez para Shaver. — Jeff é um chorão e um visionário e um sonhador. Sr. Shaver, o senhor comprou um monte de material para construir um prédio condenado.

— Bom, eu comprei uma boa história — disse Shaver, de um jeito bem desafiador.

— Sim. Isso é verdade. Vamos fazer essa história.

— Isso não tem o seu valor? — Shaver questionou. — Com todo esse sigilo, como eu iria saber sobre o Sr. Waggoner ou a Srta. Starheim? Mas eu conheço uma boa história.

— Sim — disse La Vigne, distraído. Ele se levantou. — Sim, é uma boa história... Venha na minha sala, Pat.

Ele já estava na porta. Pat, como quem busca auxílio, lançou um olhar agonizante para o Sr. Shaver. Então, fraquejando, seguiu.

— Sente aí, Pat. Esse Eric tem talento, não tem? — disse Le Vigne. — Ele vai longe. Como você o descobriu?

Pat sentia as amarras da cadeira elétrica sendo ajustadas.

— Ah, eu simplesmente descobri. Ele... Veio na minha sala.

— Vamos colocá-lo na folha de pagamento — disse La Vigne. — Temos que criar um sistema para dar uma chance para esses garotos.

Ele recebeu uma chamada pelo ditógrafo e então se virou de novo para Pat.

— Mas como é que você foi se misturar com essa droga do Shaver? *Você*, Pat, um veterano como você.

— Bom, eu pensei que...

— Por que ele não volta pro leste? — continuou Le Vigne, enojado. — Fica aí deixando uns bobalhões como vocês todos animados!

O sangue voltou a correr nas veias de Pat. Ele reconhecia esse sinal, o seu comando.

— Bom, arranjei uma história para você, não arranjei? — ele disse, quase com malandragem. — Como é que você ficou sabendo?

— Fui visitar Estelle no hospital. Esse garoto e ela estavam trabalhando no roteiro. Dei de cara com eles.

— Ah — disse Pat.

— Eu já conhecia o garoto de vista. Agora, Pat, me diga uma coisa. Jeff Manfred achou que você tinha escrito ou ele era parte do golpe?

— Ah, meu Deus — Pat lamentou. — Por que é que eu tenho que responder isso?

Le Vigne se inclinou para frente, intenso.

— Pat, você está sentado em cima de um alçapão! — disse com um olhar selvagem. — Você viu o corte desse carpete? Eu só preciso apertar esse botão para te mandar para o inferno! Quer fazer o favor de *falar*?

Pat ficou em pé, olhando errático para o chão.

— Claro, eu vou falar! — ele desabou. Tinha acreditado naquilo, acreditava em coisas assim.

— Certo — disse Le Vigne, relaxando. — Tem uísque ali na cristaleira. Fale depressa e eu te dou mais um mês a duzentos e cinquenta. Eu até que gosto de ter você por aqui.

# UM CURTA PATRIÓTICO

*A PATRIOTIC SHORT*
DEZEMBRO DE 1940

Pat Hobby, o roteirista e o homem, teve grande sucesso em Hollywood naquele tempo que Irving Cobb se refere como "a era das piscinas de ladrilhos em mosaico, que foi logo antes da era em que a gente precisava ter um osso da canela de São Sebastião como alavanca de câmbio".

O Sr. Cobb sem dúvida exagera, pois quando Pat teve sua piscina, nos dias de fartura do cinema mudo, ela era inteiramente de cimento, a não ser que contássemos as rachaduras por onde a água buscava, com obstinação, seu próprio nível através da lama.

"Mas *era* uma piscina", ele garantiu a si mesmo numa tarde, mais de uma década depois. Ainda que agora estivesse mais do que grato pela pequena tarefa delegada a ele pelo produtor Berners — uma semana a duzentos e cinquenta —, nem toda a insolência da autoridade poderia apagar aquela lembrança.

Ele foi chamado pelo estúdio para um humilde curta-metragem. Era baseado na carreira do general Fitzhugh Lee, que lutou pelos Confederados e, mais tarde, pelos Estados Unidos contra a Espanha, e assim não ofenderia nem o Norte, nem o Sul. Na última reunião, Pat tentou cooperar.

— Eu estava pensando — ele sugeriu a Jack Berners — que seria interessante se pudéssemos dar um toque judeu.

— Como assim? — Jack Berners questionou rápido.

— Bom, eu pensei... Do jeito que as coisas estão e tudo mais, que seria interessante mostrar que também havia um número de judeus lá.

— Lá onde?

— Na Guerra Civil — ele logo recapitulou seu escasso conhecimento de História. — Tinha, não?

— Naturalmente — disse Berners, com certa impaciência. — Acho que todo mundo esteve lá, com exceção dos Quakers.

— Bom, a minha ideia era que nós poderíamos fazer esse Fitzhugh Lee se apaixonar por uma garota judia. Ele vai ser executado no toque de recolher, então ela se agarra a um sino da igreja...

Jack Berners se inclinou para frente com seriedade.

— Diga lá, Pat, você quer este trabalho, não quer? Olha, eu te contei a história. Você recebeu a primeira versão do roteiro. Se você pensou nessa bobagem para me agradar, está perdendo a mão.

Isso era forma de tratar um homem que já teve uma piscina, conforme se comentou por...

Foi assim que, ao entrar no departamento de curtas, ele se flagrou pensando na sua piscina há tempos perdida. Ele se lembrava em todos os detalhes de certo dia, mais de uma década antes, quando ele chegou ao estúdio em um carro dirigido por um filipino de uniforme; a flexão reverente do guarda no portão que o deixou entrar com automóvel e tudo no estúdio, a subida até aquele escritório com uma sala para a secretária e que era na verdade o escritório de um diretor...

Seu devaneio foi interrompido pela voz de Ben Brown, o chefe do departamento de curtas, que acompanhou Pat até seus aposentos.

— Jack Berners acabou de me ligar — ele disse. — Nós não queremos novas ideias, Pat. Já temos uma boa história. Fitzhugh Lee era um comandante de cavalaria arrojado. Era sobrinho de Robert E. Lee, e queremos mostrá-lo em Appomattox, bastante amargurado e tudo mais. E então mostrar como ele se reconciliou, e aí, bom, vamos ter que tomar cuidado, porque a Virgínia é cheia de Lees, e então ele finalmente aceita uma comissão dos Estados Unidos oferecida pelo presidente McKinley...

A mente de Pat novamente disparou para o passado. O presidente... Essa era a palavra mágica que havia circulado naquela manhã muitos anos antes. O presidente dos Estados Unidos faria uma visita aos estúdios. Todo mundo estava ansioso, parecia marcar uma nova era no cinema, porque nunca antes um presidente dos Estados Unidos tinha visitado um estúdio. Os executivos da companhia estavam todos arrumados: da janela da sua casa em Beverly Hills, lá longe, no passado, Pat avistou o Sr. Maranda, cuja mansão ficava ao lado, debandar às nove horas da manhã trajando um fraque, e Pat soube que algo estava acontecendo. Pensou que talvez fosse alguém do clero, mas, quando entrou no estúdio, descobriu que era o próprio presidente dos Estados Unidos quem estava chegando.

— Tire aquele negócio sobre a Espanha — Ben Brown dizia. — O cara que escreveu era um comuna e deixou todos os oficiais espanhóis nervosinhos. Arrume isso.

Na sala que deram a ele, Pat olhou o roteiro de *Leal a duas bandeiras*. A primeira cena mostrava o general Fitzhugh Lee no comando da sua cavalaria, recebendo a notícia de que Petersburg tinha sido evacuada. No roteiro, Lee recebe o golpe em pantomima, mas Pat estava ganhando duzentos e cinquenta por semana, e assim, casualmente e sem esforço, ele escreveu uma das suas falas prediletas:

LEE *(para seus oficiais)* Bom, por que vocês estão parados aí de boca aberta? FAÇAM alguma coisa!
*6. Plano médio dos oficiais ganhando ânimo, dando tapas nas costas um dos outros, etc.*
*Dissolve para:*

Para o quê? A mente de Pat de novo se dissolveu para o encantador passado. Naquele dia feliz, na década de 20, o seu telefone tocou por volta do meio-dia. Era o Sr. Maranda.

— Pat, o presidente está almoçando na sala de jantar particular. Doug Fairbanks não pôde vir, temos um lugar vago e, de todo modo, achamos que deveria ter um roteirista por lá.

A lembrança do almoço palpitava de glamour. O Grande Homem fez algumas perguntas sobre os filmes, contou uma piada, e Pat riu e riu com os outros — todos eles homens sólidos se reunindo: ricos, felizes e bem-sucedidos.

Mais tarde, o presidente visitou alguns sets e assistiu algumas cenas sendo filmadas; depois, no fim do dia, foi para a casa do Sr. Maranda conhecer algumas estrelas. Pat não havia sido convidado para aquela festa, mas tinha ido para casa cedo, de qualquer forma, e da sua varanda viu a comitiva chegar, com o Sr. Maranda e o presidente no banco de trás. Ah, ele tinha orgulho do cinema naquela época, da posição que ocupava lá, do presidente do feliz país onde ele nasceu...

Voltando à realidade, Pat olhou o roteiro de *Leal a duas bandeiras* e escreveu, devagar e cuidadosamente:

> *Inserção: um calendário — com os anos marcados e as páginas voando num vento frio, mostrando Fitzhugh Lee ficando cada vez mais velho.*

Aquele trabalho o deixou com sede. Não de água, mas ele sabia que não podia beber nada, ainda mais no seu primeiro dia no emprego. Ele se levantou e saiu para o corredor e foi até o bebedouro.

Enquanto caminhava, retornou ao seu devaneio.

Aquela tinha sido uma linda tarde na Califórnia, portanto o Sr. Maranda levou seu exuberante convidado e seu séquito de estrelas ao jardim, adjacente ao jardim de Pat. Pat saiu pela porta dos fundos e foi seguindo uma cerca viva de pouca altura, mantendo-se longe da visão dos convidados, e então acidentalmente ficou frente a frente com a comitiva presidencial.

O presidente sorriu e assentiu. O Sr. Maranda sorriu e assentiu.

— O senhor conheceu o Sr. Hobby no almoço — o Sr. Maranda disse ao presidente. — Ele é um dos nossos roteiristas.

— Ah, sim — disse o presidente. — Você escreve os filmes.

— Sim, escrevo — disse Pat.

O presidente deu uma olhada na casa de Pat.

— Suponho — ele disse — que você tenha muita inspiração se sentando ao lado dessa bela piscina.

— Sim — disse Pat. — Tenho, sim.

... Pat encheu o seu copo no refrigerador. No corredor, veio um grupo se aproximando: Jack Berners, Ben Brown e vários outros executivos e junto deles uma garota com quem eram muito atenciosos e reverenciais. Ele reconheceu o rosto dela, era a Garota do Ano, a Maior de Todas, a capa das revistas, a garota cujos serviços eram disputados por todos os estúdios em uma violenta competição.

Pat se demorou na sua bebida. Ele tinha visto muitas impostoras entrarem e saírem, mas essa garota era legítima, alguém para fazer disparar cada pulso da nação. Ele sentiu o seu próprio coração bater mais rápido. Finalmente, quando a procissão se aproximou, ele largou o copo, tocou levemente o cabelo com a mão e deu um passo adiante saindo do corredor.

A garota olhou para ele, ele olhou para a garota. Então, ela tomou um braço de Jack Berners e outro de Ben Brown, e de repente o grupo pareceu caminhar bem na sua direção, tanto que ele precisou recuar para a parede.

Um instante depois, Jack Berners se virou e disse para ele:

— Olá, Pat.

E então alguns lançaram olhares de relance, mas ninguém falou mais nada, tamanho era o interesse na garota.

Na sua sala, Pat conferiu a cena onde o presidente McKinley oferece uma comissão a Fitzhugh Lee. Subitamente, Pat rangeu os dentes e enterrou o lápis no papel ao escrever:

LEE Sr. Presidente, o senhor pode pegar essa comissão e ir para o diabo com ela.

E se curvou sobre a mesa, com os ombros trêmulos, ao se lembrar daquele dia feliz, quando ele foi o dono de uma piscina.

# NO RASTRO DE
# PAT HOBBY
*ON THE TRAIL OF PAT HOBBY*
JANEIRO DE 1941

## I

O dia estava escuro desde o amanhecer e um nevoeiro californiano pairava por toda a parte. Ele seguiu Pat em sua fuga apressada sem chapéu pela cidade. Seu destino, seu refúgio, era o estúdio, onde ele não estava empregado, mas que vinha sendo seu lar por vinte anos.

Seria sua imaginação ou o guarda no portão deu uma olhada particularmente demorada nele e no seu passe? Pode ter sido a falta de um chapéu. Hollywood estava cheia de homens sem chapéu, mas Pat se sentiu marcado, até porque não teve a oportunidade de repartir seus ralos cabelos grisalhos.

No prédio dos roteiristas, ele foi ao lavatório. Então se lembrou: por algum decreto imperial lá de cima, todos os espelhos foram retirados do prédio dos roteiristas há um ano.

No corredor, ele viu a porta da sala de Bee McIlvaine entreaberta e reconheceu sua rechonchuda silhueta.

— Bee, pode me emprestar seu espelhinho de maquiagem? — ele perguntou.

Bee o olhou com desconfiança e em seguida fez uma carranca e vasculhou a bolsa.

— Está no estúdio? — ela indagou.

— Vou estar na semana que vem — Pat profetizou. Ele pôs o espelhinho na mesa dela e se inclinou sobre ele com o seu pente. — Por que não colocam os espelhos de volta nos banheiros? Eles acham que os roteiristas iam passar o dia inteiro se olhando?

— Lembra quando tiraram os sofás? — disse Bee. — Isso foi em 1932. E só trouxeram de volta em 1934.

— Eu trabalhava em casa — disse Pat, sentimental.

Ao terminar de usar o espelho, Pat se perguntou se poderia conseguir um empréstimo com ela, apenas o suficiente para comprar um chapéu e algo para comer. Bee deve ter percebido pelo olhar de Pat, pois o interrompeu.

— Os finlandeses levaram todo o meu dinheiro — ela disse — e estou preocupada com meu emprego. Ou o meu filme começa amanhã ou vai ser engavetado. Não temos nem um título.

Ela entregou para ele um comunicado mimeografado do departamento de cenografia e Pat olhou a chamada:

**PARA TODOS OS DEPARTAMENTOS
PRECISA-SE DE UM TÍTULO — RECOMPENSA DE
CINQUENTA DÓLARES
RESUMO ABAIXO**

— Cinquenta me cairiam bem — Pat disse. — É sobre o quê?

— Está escrito aqui. Fala sobre várias coisas que acontecem em cabanas alugadas por turistas.

Pat começou a olhá-la com os olhos arregalados. Ele achou que estaria seguro por trás destes portões vigiados, mas as notícias corriam rápido. Isso era um aviso amistoso, ou talvez nem tão amistoso assim. Era melhor ir andando. Ele era um homem caçado agora, sem lugar algum para deitar a sua cabeça sem chapéu.

— Não sei de nada — ele murmurou e saiu caminhando apressadamente da sala.

## II

Na entrada do restaurante, Pat observou os arredores. Não havia ninguém vigiando, a não ser a garota do estande de cigarros, mas obter o chapéu de outra pessoa estava sujeito a uma complicação: era difícil precisar o tamanho com uma olhadela superficial, e a visão de um homem experimentando diversos chapéus num cabideiro era inevitavelmente suspeita.

O gosto pessoal também atrapalhava. Pat foi seduzido por um fedora verde com uma jovial pena, mas era muito fácil de identificar. O mesmo problema ocorria com um belo Stetson branco para lugares abertos. Finalmente ele se decidiu por um robusto Homburg cinza que parecia certo para lhe prestar um bom serviço. Com as mãos trêmulas, pôs o chapéu. Serviu. Ele saiu andando em um movimento doloroso, devagar e interminável.

Sua confiança foi em parte recuperada na hora seguinte pelo fato de não ter encontrado ninguém que fizesse alusões a cabanas de turistas. Foram três meses sofridos para Pat. Ele considerava seu trabalho de recepcionista noturno nas Cabanas de Turistas Selecto um mero tapa-buraco, que nunca deveria ser mencionado aos seus amigos. Mas, quando a polícia chegou lá naquela manhã, ela estendeu a batida o suficiente para garantir a Pat, ou a Don Smith, como ele chamava a si mesmo, que precisariam dele como testemunha. A história da sua escapada reside no reino do melodrama: como ele saiu por uma porta lateral, como ele comprou na farmácia da esquina uma garrafinha que necessitava tão desesperadamente e aí pegou carona por toda a grandiosa cidade, ficando com as pernas bambas ao avistar guardas de trânsito e só conseguindo respirar sossegado ao ver a placa do estúdio lá no alto.

Depois de uma ligação para Louie, o bookmaker do estúdio, de quem já havia sido um grande cliente, ele fez uma visita a Jack Berners. Não tinha nenhuma ideia para apresentar, mas pegou Jack em um momento de pressa, correndo para uma reunião com produtores, e foi inesperadamente convidado a entrar e aguardar pelo seu retorno.

O escritório era luxuoso e confortável. Não havia cartas que valiam a pena serem lidas na mesa, mas havia um decanter e copos em uma cristaleira, e logo em seguida ele se deitou num sofá grande e macio e adormeceu.

Foi acordado pelo retorno de Berners, em elevada indignação.

— Quanta bobagem! Eles nos telefonam às pressas, telefonam para todos os chefes de todos os departamentos. Um sujeito se atrasa e nós esperamos por ele. Ele entra e leva um sermão aos berros por ter desperdiçado milhares de dólares em tempo. E aí, o que você acha que aconteceu? O Sr. Marcus perdeu seu chapéu favorito!

Pat não conseguiu associar o fato a si mesmo.

— Todos os chefes de departamento interromperam a produção! — continuou Berners. — Duas mil pessoas atrás de um chapéu cinza Homburg! — ele tombou desanimado em uma cadeira. — Não posso falar com você hoje, Pat. Até as quatro da tarde eu tenho que arranjar um título para um filme sobre um acampamento de turistas. Tem alguma ideia?

— Não — disse Pat. — Não.

— Bom, passe no escritório de Bee McIlvaine e dê uma ajuda a ela para bolar alguma coisa. Está valendo cinquenta dólares.

Num estado de torpor, Pat caminhou até a porta.

— Ei — disse Berners. — Não esqueça o seu chapéu.

### III

Sentindo os efeitos do seu dia fora da lei, e de um copo cheio do conhaque de Jack Berners, Pat se sentou no escritório de Bee McIlvaine.

— Temos que arranjar um título — disse Bee, melancólica.

Ela deu a Pat a folha mimeografada com a oferta de cinquenta dólares e pôs um lápis na sua mão. Pat olhou fixamente para o papel sem enxergar nada.

— Que tal? — ela perguntou. — Quem vai achar um título?

Houve um longo silêncio.

— *Piloto de provas* já foi usado, não foi? — ele disse num tom indeciso.

— Acorda! Esse filme não é sobre aviação!

— Bem, é que eu acho um bom título.

— *O nascimento de uma nação* também é.

— Mas não para este filme — Pat murmurou. — *O nascimento de uma nação* não seria adequado para este filme.

— Você está tirando sarro de mim? — Bee questionou. — Ou você está ficando louco? Isso aqui é sério.

— Claro, eu sei — debilmente, ele rabiscou palavras no rodapé da página. — É que eu tomei uns drinques, foi só isso. Minha cabeça vai clarear num minuto. Estou tentando pensar nos títulos que mais fizeram sucesso. O problema é que todos já foram usados, como *Aconteceu naquela noite*.

Bee olhou para ele com apreensão. Pat estava com dificuldade para manter os olhos abertos e ela não queria que ele desmaiasse no seu escritório. Depois de um minuto, ela ligou para Jack Berners.

— Você poderia vir aqui? Tenho algumas ideias para o título.

Jack chegou com uma pilha de sugestões remetidas a ele de todos os lados do estúdio, mas garimpar aquilo não trouxe nenhuma pedra preciosa.

— E então, Pat? Conseguiu alguma coisa?

Pat se preparou para um esforço.

— Eu gosto de *Aconteceu naquela manhã* — ele disse. E então ele olhou desesperadamente para seus rabiscos no papel mimeografado. — Ou talvez *Grande motel*.

Berners sorriu.

— *O grande motel* — ele repetiu. — Nossa! Acho que você conseguiu algo. *Grande motel*.

— Eu disse *Grande hotel* — disse Pat.

— Não disse, não. Você disse *Grande motel*, e por mim esse título ganha os cinquenta dólares.

— Tenho que me deitar — Pat anunciou. — Estou me sentindo mal.

— Tem uma sala aberta aqui em frente. É uma ideia engraçada, Pat, *Grande motel*, ou então *Recepcionista de motel*. O que você acha disso?

Quando o fugitivo apertou o passo em direção à porta, Bee pôs o chapéu nas suas mãos.

— Bom trabalho, veterano — ela disse.

Pat pegou o chapéu do Sr. Marcus e ficou lá parado, segurando aquilo como se fosse um prato de sopa.

— Estou me sentindo... Melhor... Agora — ele balbuciou depois de um momento. — Volto depois para pegar o dinheiro.

E, carregando seu fardo, ele cambaleou em direção ao lavatório.

# DIVERSÕES NO ATELIÊ DE
# UMA ARTISTA

*FUN IN AN ARTIST'S STUDIO*
FEVEREIRO DE 1941

## I

Isso aconteceu em 1938, quando, com exceção dos alemães, poucas pessoas sabiam que já haviam vencido a guerra deles lá na Europa. As pessoas ainda davam importância para a arte e tentavam colocá-la em tudo, desde roupas velhas a cascas de laranja, e foi assim que a princesa Dignanni encontrou Pat. Ela queria produzir uma obra de arte com ele.

— Não, o senhor não, Sr. DeTinc — ela disse. — Não posso pintá-lo. O senhor é um produto muito dentro do padrão, Sr. DeTinc.

O Sr. DeTinc, que era um poderoso homem da indústria cinematográfica e que já havia sido fotografado ao lado do Sr. Duchman, o especialista do Pecado Secreto, saiu delicadamente de cena. Ele não ficou ofendido — em toda sua vida, o Sr. DeTinc jamais ficou ofendido —, mas agora é que ele não ficaria ofendido mesmo, pois a princesa também não quis pintar nem Clark Gable, nem Spencer Rooney, nem Vivien Leigh.

Ela viu Pat no refeitório, soube que ele era roteirista e pediu para que ele fosse convidado à festa do Sr. DeTinc. A princesa era uma bonita mulher nascida em Boston, Massachusetts, e Pat tinha quarenta e nove anos, olhos avermelhados e um leve traço de uísque no hálito.

— Você escreve argumentos, Sr. Hobby?

— Eu ajudo — disse Pat. — É necessário mais de uma pessoa para preparar um roteiro.

Ele ficou lisonjeado com essa atenção e um tanto quanto desconfiado. Foi somente pelo fato de seu supervisor estar uma pilha de nervos que ele veio a arranjar aquele trabalho. Seu supervisor havia se esquecido há uma semana de que tinha contratado Pat, e quando Pat foi visto no restaurante e informado que sua presença era aguardada na residência do Sr. DeTinc, o roteirista passou por maus bocados. Aquilo sequer se parecia com o tipo de festa que Pat conhecera nos seus dias de prosperidade. Não havia nem mesmo um bêbado desmaiado no banheiro do andar de baixo.

— Imagino que escrever argumentos seja muito bem remunerado — disse a princesa.

Pat olhou ao redor para ver quem poderia ouvi-lo. O Sr. DeTinc tinha afastado um pouco o seu imenso corpanzil dali, mas um dos seus olhos, pelo jeito independente, parecia fixado em Pat.

— Muito bem remunerado — disse Pat. Depois acrescentou em voz baixa: — Se você arrumar um.

A princesa demonstrou entender e também baixou o tom de voz.

— Quer dizer que roteiristas têm dificuldade em arranjar trabalho?

Ele concordou.

— Muitos deles entram para esses sindicatos — ele levantou um pouco a voz, para felicidade do Sr. DeTinc. — São todos comunas, a maioria desses roteiristas.

A princesa assentiu.

— Poderia virar o rosto um pouco para a luz? — ela disse educadamente. — Assim mesmo, ótimo. Não seria incômodo para o senhor vir ao meu estúdio amanhã, seria? Só para posar para mim por uma hora?

Ele a analisou de novo.

— Nu? — perguntou, cauteloso.

— Oh, não — ela asseverou. — Só a cabeça.

O Sr. DeTinc se aproximou e aprovou.

— Você deve ir. A princesa Dignanni vai pintar algumas das maiores estrelas aqui. Vai pintar Jack Benny e Baby Sandy e Hedy Lamarr, não é mesmo, princesa?

A artista não respondeu. Era uma pintora de retratos muito boa e sabia exatamente o quão boa ela era e o quanto daquilo era em função do seu título. Hesitava entre seus vários estilos: a fase rosa de Picasso com lampejos de Boldini, ou Reginald Marsh por inteiro. Mas sabia qual nome que daria para a obra: chamaria de *Hollywood com a Vine*.

## II

Apesar da confirmação de que estaria vestido, Pat chegou apreensivo ao encontro. Nos seus jovens e impressionáveis anos, ele olhou pelo buraquinho de uma máquina na qual duas dúzias de fotografias passavam em sequência diante dos seus olhos. A história que se revelava era *Diversões no atelier de uma artista*. Mesmo agora que o striptease era um projeto municipal legalizado, ele ficou um pouco chocado com a lembrança e, ao se apresentar no bangalô da princesa, no Beverly Hills Hotel, ele não ficaria surpreso se ela o recebesse enrolada em uma toalha turca. Ficou desapontado. Ela vestia uma blusa e os seus cabelos negros estavam penteados para trás como os de um menino.

Pat parou para tomar uns drinques no caminho, mas suas primeiras palavras não conseguiram criar um clima jovial para a ocasião:

— E aí, duquesa?

— Bom, Sr. Hobby — ela disse com frieza. — É gentileza de sua parte me conceder uma tarde.

— Não trabalhamos tão duro assim em Hollywood — ele garantiu. — Tudo é mañana. Em espanhol isso significa amanhã.

Ela o levou imediatamente para um apartamento nos fundos, onde havia um cavalete com uma tela de pintura quadrada ao lado da janela. Havia um sofá e ambos sentaram.

— Quero me acostumar com você por um minuto — ela disse. — Já posou antes?

— Eu pareço já ter posado? — ele piscou e, quando ela sorriu, ele se sentiu melhor e perguntou: — Você não teria algo para beber, teria?

A princesa hesitou. Queria que ele tivesse a aparência de quem *precisava* de uma bebida. Fazendo uma concessão, foi até a geladeira e preparou um pequeno coquetel para ele. Ela retornou e viu que ele tinha tirado o casaco e a gravata e estava acomodado de modo bem informal no sofá.

— Assim é melhor — a princesa disse. — Essa camisa que você está usando. Acho que fabricam direto para Hollywood, como as estampas especiais que fazem para o Ceilão e para a Guatemala. Agora, beba e vamos começar o trabalho.

— Por que você não toma um também para sermos mais amistosos? — Pat sugeriu.

— Eu tomei um na despensa — ela mentiu.

— Casada? — ele perguntou.

— Já fui casada. Poderia sentar no banco agora?

Relutante, Pat se levantou, entornou o coquetel, um tanto frustrado pelo sabor aguado, e foi para o banco.

— Agora sente bem quieto — ela disse.

Ele ficou sentado em silêncio enquanto ela trabalhava. Eram três da tarde. Estava acontecendo o terceiro páreo no Santa Anita e ele tinha apostado dez dólares no vencedor. Com isso já eram sessenta que ele devia a Louie, o bookmaker do estúdio, e Louie permanecia determinadamente ao lado dele no guichê de pagamento toda quinta-feira. Essa dama tinha boas pernas sob o cavalete; seus lábios vermelhos e a forma como seus braços nus se movimentavam enquanto ela trabalhava o agradavam. Houve uma época em que ele não teria olhado para uma mulher de mais de vinte e cinco, a não ser que fosse uma secretária na sala com ele. Mas a garotada de hoje em dia era esnobe, sempre falando em chamar a polícia.

— Por favor, não se mexa, Sr. Hobby.

— Que tal a gente fazer uma pausa? — ele sugeriu. — Esse trabalho dá sede.

A princesa estava pintando há meia hora. Agora parou e o encarou por um momento.

— Sr. Hobby, você foi emprestado a mim pelo Sr. DeTinc. Por que não faz como se estivesse trabalhando no estúdio? Termino em mais meia hora.

— O que é que eu ganho com isso? — ele questionou. — Eu não sou modelo, sou roteirista.

— O seu salário no estúdio não foi cortado — ela disse. — Que importância tem se o Sr. DeTinc quer que o senhor faça isso?

— É diferente. Você é uma dama da nobreza. Eu tenho que pensar no meu amor-próprio.

— O que você espera que eu faça? Que eu flerte com o senhor?

— Não, isso é história antiga. Mas achei que a gente poderia sentar e tomar uma bebida.

— Talvez mais tarde — ela disse. E então: — Esse trabalho é mais duro do que no estúdio? É tão difícil assim olhar para mim?

— Não me incomoda olhar para você, mas a gente poderia sentar no sofá?

— Não se fica sentado no sofá do estúdio.

— Claro que sim. Escute só, se você tentasse entrar em todas as portas no prédio dos roteiristas, ia encontrar várias delas trancadas, e que isso fique bem claro.

Ela recuou e olhou de soslaio para ele.

— Trancadas? Para ninguém ser incomodado? — ela largou o pincel. — Vou te trazer uma bebida.

Quando ela retornou, estancou por um instante na porta. Pat tinha tirado sua camisa e ficou parado um tanto quanto encabulado no meio da sala, segurando a roupa em direção a ela.

— Aqui está a camisa — ele disse. — Pode ficar com ela. Sei onde posso arranjar muitas outras.

Por um momento mais demorado, ela o observou atentamente, então pegou a camisa e a pôs no sofá.

— Sente e me deixe terminar — ela disse. Após hesitar, acrescentou: — Aí vamos tomar uma bebida juntos.

— Quando vai ser isso?

— Quinze minutos.

Ela trabalhou rápido. Diversas vezes ficou satisfeita com a parte de baixo do rosto, e diversas vezes reconsiderou e começou de novo. Alguma coisa que ela havia captado no restaurante estava faltando.

— Você é artista há bastante tempo? — Pat perguntou.

— Há muitos anos.

— Já foi a muitos ateliês?

— Já fui em vários. Tive meus próprios ateliês.

— Acho que acontece muita coisa nesses ateliês. Você já...

Ele hesitou.

— Já o quê? — ela inquiriu.

— Já pintou um homem nu?

— Fique sem falar por um minuto, por favor

Ela parou com o pincel erguido, demonstrou estar prestando atenção, então deu uma rápida pincelada e olhou incerta para o resultado.

— Sabe que você é difícil de pintar? — disse, largando o pincel.

— Não gosto desse negócio de posar — ele admitiu. — Vamos encerrar por aqui — ele se levantou. — Por que... Por que não põe algo mais confortável?

A princesa sorriu. Contaria esta história para os amigos, acompanharia de certa forma o retrato, se o retrato tivesse alguma qualidade, o que ela agora duvidava.

— Você deveria revisar seus métodos — ela disse. — Tem sucesso com essa abordagem?

Pat acendeu um cigarro e sentou.

— Se você tivesse dezoito anos, veja só, eu passaria aquela cantada sobre estar louco por você.

— Mas por que uma cantada afinal?

— Ah, corta essa! — ele a aconselhou. — Você queria me pintar, não queria?

— Sim.

— Bom, quando uma dama quer pintar um cara... — Pat se abaixou e desamarrou os cadarços dos sapatos, chutou os calçados pelo chão e pôs os pés com meias no sofá. — Quando uma dama quer se encontrar com um cara para alguma coisa ou quando o cara quer se encontrar com a dama, existe uma troca, entende?

A princesa suspirou.

— Bom, parece que eu estou de mãos atadas — ela disse. — Mas isso dificulta bastante quando uma dama quer apenas pintar um cara.

— Quando uma dama quer pintar um cara...

Pat fechou parcialmente os olhos, assentiu e agitou as mãos de maneira expressiva. Quando seus polegares de repente foram para os seus suspensórios, ela falou num tom de voz mais alto:

— Policial!

Houve um barulho atrás de Pat. Ele se virou e viu um homem jovem em roupas cáqui e brilhantes luvas negras, parado na porta.

— Policial, esse homem é empregado do Sr. DeTinc. O Sr. DeTinc me emprestou ele para a tarde.

O policial olhou para a expectante imagem da culpa no sofá.

— Está se refrescando? — ele interrogou.

— Não quero prestar queixa, liguei para a portaria por segurança. Ele deveria posar nu para mim e agora se recusa — ela caminhou casualmente para o cavalete. — Sr. Hobby, por que não para com essa falsa modéstia? Tem uma toalha turca no banheiro.

Pat estupidamente pegou os seus sapatos. De alguma forma, veio à sua mente que corria o oitavo páreo no Santa Anita.

— Mexa-se você aí — disse o policial. — Você ouviu o que a dona falou.

Pat se levantou incerto e lançou um demorado e pungente olhar para a princesa.

— Você me disse... — ele disse, rouco. — Que queria pintar...

— Você me disse que eu queria outra coisa. Ande logo. E, policial, tem um coquetel na despensa.

Alguns minutos depois, enquanto Pat se sentava trêmulo no meio da sala, a sua memória retornou para aqueles shows eróticos da sua juventude, mesmo que naquele momento ele pudesse identificar pouca semelhança. Ficou grato pelo menos pela toalha turca, ainda incapaz de perceber que a princesa não estava interessada na sua silhueta, e sim em seu rosto.

Ele tinha exatamente a expressão que a seduziu no restaurante, a expressão da Hollywood com a Vine, a outra metade do Sr. DeTinc, e ela trabalhou rápido enquanto ainda havia luz suficiente para pintá-la.

# DOIS
# VETERANOS

*TWO OLD-TIMERS*
MARÇO DE 1941

Phil Macedon, Astro dos Astros em tempos passados, e Pat Hobby, roteirista, enfrentaram-se na Sunset Boulevard, próximo ao Beverly Hills Hotel. Eram cinco da manhã e pairava bebida pelo ar durante a discussão, e o sargento Gaspar levou os dois para a delegacia. Pat Hobby, um homem de quarenta e nove anos, quis brigar, aparentemente, porque Phil Macedon não foi capaz de reconhecer que eles eram velhos conhecidos.

Ele acidentalmente se chocou contra o sargento Gaspar, cuja irritação foi tanta que o colocou em uma pequena sala com grades enquanto aguardavam o capitão chegar.

Cronologicamente, Phil Macedon ficava entre Eugene O'Brien e Robert Taylor. Ainda era um homem bonito, de pouco mais de cinquenta anos, e tinha economizado o suficiente no seu auge para comprar uma fazenda no Vale de San Fernando; lá ele descansava como se estivesse repleto de honrarias, tão jubiloso e com o mesmo objetivo de vida do cavalo Man o' War.

Com Pat Hobby, a vida tinha dado outras cartas. Depois de vinte e um anos na indústria, nos roteiros e na publicidade, o acidente o encontrou dirigindo um carro ano 1933 que recentemente tinha virado propriedade da Companhia Financeira North Hollywood. E uma vez, lá em 1928, ele havia chegado ao ponto de receber propostas por uma piscina particular.

Ele espumava de dentro do seu confinamento, ainda ressentido da incapacidade de Macedon em reconhecer que eles já haviam se encontrado antes.

— Suponho que você não se lembra de Coleman — ele disse sarcasticamente. — Ou de Connie Talmadge ou de Bill Corker ou de Allan Dwan.

Macedon acendeu um cigarro com aquele apuro tão característico dos atores de filmes mudos e ofereceu um para o sargento Gaspar.

— Não posso voltar amanhã? — perguntou. — Tenho um cavalo para treinar...

— Peço desculpas, Sr. Macedon — disse o policial, com desculpas sinceras, pois o ator era um de seus velhos favoritos. — O capitão está para chegar a qualquer momento. Depois disso, não vamos mais atrasar o *senhor*.

— É só uma formalidade — disse Pat, da sua cela.

— Sim, é só uma... — o sargento Gaspar fitou Pat. — Pode não ser formalidade nenhuma para *o senhor*. Já ouviu falar em teste de sobriedade?

Macedon atirou seu cigarro pela porta e acendeu outro.

— E se eu voltasse daqui a algumas horas? — ele sugeriu.

— Não dá — lamentou o sargento Gaspar. — E como tenho que manter o senhor detido, Sr. Macedon, eu quero aproveitar a oportunidade para contar o que o senhor significou para mim uma vez. Foi aquele filme que o senhor fez, *A última ofensiva,* ele significou muito para todo homem que esteve na guerra.

— Ah, sim — disse Macedon, sorrindo.

— Eu costumava tentar contar para a minha esposa sobre a guerra, como foi aquilo, com os morteiros e as metralhadoras. Estive lá por sete meses com a 26ª Divisão da Nova Inglaterra. Mas ela nunca entendeu. Ela apontava o dedo para mim e dizia "Bum! Você morreu", e então eu começava a rir e parava de tentar fazê-la entender.

— Ei, posso sair daqui? — questionou Pat.

— Você, cale a boca! — disse Gaspar com firmeza. — Você provavelmente não foi para a guerra.

— Eu estava no Batalhão do Cinema — disse Pat. — Eu tinha visão ruim.

— Escute só ele — disse Gaspar com desgosto. — É o que todos esses preguiçosos dizem. Bom, a guerra foi uma coisa e tanto. E, depois que a minha esposa viu o seu filme, eu nunca mais precisei explicar para ela. Ela entendeu. Sempre falou diferente sobre a guerra depois disso, nunca mais apontou o dedo e disse "Bum!". Nunca vou me esquecer da parte que o senhor entrou naquela cratera aberta por uma explosão. Foi tão real que fiquei com as mãos suadas.

— Obrigado — disse Macedon graciosamente. Ele acendeu outro cigarro. — Sabe, eu mesmo estive na guerra, então eu sabia como era. Eu conhecia a sensação.

— Sim, senhor — disse Gaspar, com apreço. — Bom, eu fico contente pela oportunidade de contar o que o senhor fez por mim. O senhor... O senhor explicou a guerra para a minha esposa.

— O que você está falando? — questionou Pat Hobby, de repente. — O filme de guerra que Bill Corker fez em 1925?

— Lá vem ele de novo — disse Gaspar. — Claro. *O nascimento de uma nação*. Agora sossegue o facho até o capitão chegar.

— Phil Macedon me conhecia muito bem naquele tempo — disse Pat, ressentido. — Eu até vi ele filmando um dia.

— É que eu simplesmente não me lembro de você, meu velho — disse Macedon, educado. — Não posso fazer nada.

— Você se lembra do dia que Bill Corker rodou aquela sequência na cratera, não lembra? Seu primeiro dia na filmagem.

Houve um momento de silêncio.

— Quando o capitão vai chegar? — Macedon perguntou.

— A qualquer momento, Sr. Macedon.

— Bom, eu me lembro — disse Pat —, porque eu estava lá quando ele mandou cavarem a cratera. Ele estava lá nos fundos do estúdio às nove horas da manhã com um bando de fortões para cavar o buraco e mais quatro câmeras. Ele te chamou por um telefone de campanha e pediu para você ir ao figurinista e vestir um uniforme de soldado. Agora você se lembra?

— Não fico enchendo a minha cabeça de detalhes, meu velho.

— Você ligou para dizer que não tinham um uniforme no seu tamanho e Corker te mandou calar a boca e colocar um uniforme mesmo assim. Quando você chegou nos fundos do estúdio, estava magoado pra burro porque sua roupa não servia.

Macedon deu um sorriso charmoso.

— Você tem uma memória das mais notáveis. Tem certeza que é o filme certo e o ator certo? — perguntou.

— Se tenho! — disse Pat severamente. — Posso ver você aí mesmo. Só que você não teve muito tempo para reclamar do uniforme, porque esse não era o plano de Corker. Ele sempre achou que você era o canastrão mais difícil de conseguir arrancar qualquer coisa natural em Hollywood, e ele tinha uma estratégia. Ele ia deixar para filmar a parte mais importante do filme por volta do meio-dia, antes mesmo que você soubesse que estava atuando. Ele te virou e te jogou lá, e você caiu de traseiro na cratera, e ele gritou "Câmera!".

— É mentira — disse Phil Macedon. — Eu *desci*.

— Então por que você começou a gritar? — Pat questionou.

— Eu ainda me lembro dos seus gritos: "Ei, que ideia é essa? Isso é alguma... pegadinha? Me tirem daqui ou eu vou embora!". E durante todo aquele tempo você ficou tentando sair do buraco, escalando a parede, furioso porque não conseguia enxergar. Você quase conseguia e então escorregava e caía de volta contorcendo o rosto, até que você finalmente começou a esbravejar e durante todo esse tempo Bill tinha quatro câmeras em cima de você. Depois de uns vinte minutos, você desistiu e ficou lá atirado, ofegante. Bill fez uma tomada de trinta metros daquilo e mandou uns contrarregras descerem para tirar você de lá.

O capitão da polícia havia chegado na viatura. Ele parou na porta, diante dos primeiros raios da alvorada.

— O que é que temos aqui, sargento? Um bêbado?

O sargento Gaspar caminhou até a cela, destrancou a grade e acenou para que Pat saísse. Pat piscou por um momento, e então seus olhos pousaram em Phil Macedon, para quem ele sacudiu o dedo.

— Então, veja só, eu te conheço, *sim* — ele disse. — Bill Corker cortou aquele trecho de filme e pôs uma legenda para que você fosse um soldado raso cujo parceiro tinha acabado de morrer. Você queria sair do buraco para pegar os alemães e se vingar, mas aquelas bombas explodindo por todo lado e os choques faziam com que você ficasse caindo lá embaixo.

— O que é isso? — o capitão questionou.

— Eu quero provar que conheço esse cara — disse Pat. — Bill disse que o melhor momento no filme foi quando Phil berrava "Eu *já* quebrei a minha primeira unha!". Bill pôs a legenda "Dez alemães irão para o inferno para engraxar seus sapatos!".

— Você escreveu aqui "briga com embriaguez" — disse o capitão ao olhar para o boletim. — Vamos levar esses dois para o hospital e fazer um teste neles.

— Um momento — disse o ator, com seu sorriso cintilante. — Meu nome é Phil Macedon.

O capitão era uma indicação política e muito jovem. Ele se lembrava do nome e do rosto, mas não ficou particularmente impressionado, pois Hollywood estava cheia de celebridades em decadência.

Todos entraram na viatura em frente à porta.

Depois do teste, Macedon ficou detido na delegacia até que seus amigos pudessem providenciar a fiança. Pat Hobby foi liberado, mas seu carro não dava a partida, e o sargento Gaspar ofereceu a ele uma carona para casa.

— Onde é que você mora? — ele perguntou ao saírem.

— Em lugar nenhum hoje à noite — disse Pat. — É por isso que eu estava dirigindo por aí. Quando um amigo meu acordar, eu vou pedir para ele alguns trocados e ir para um hotel.

— Muito bem — disse o sargento. — Eu apostaria alguns trocados que isso não vai funcionar.

As grandes mansões de Beverly Hills passaram e Pat acenou para elas num gesto de saudação.

— Nos bons tempos — ele disse —, eu podia entrar nessas casas a qualquer hora do dia. E nos domingos de manhã...

— É verdade aquilo tudo que você falou na delegacia? — Gaspar perguntou. — Sobre a produção ter colocado ele no buraco?

— Com certeza — disse Pat. — Aquele cara não precisava ter sido tão empoladinho. Ele é só um veterano como eu.

# MAIS PODEROSO
# QUE A ESPADA

*MIGHTIER THAN THE SWORD*
ABRIL DE 1941

## I

O homem moreno, com olhos que pulsavam para frente e para trás como se tivesse um elástico preso atrás da cabeça, atendia pelo pseudônimo de Dick Dale. O homem alto e de óculos, que tinha a constituição de um camelo sem a corcova — e uma corcova que fazia falta —, atendia pelo nome de E. Brunswick Hudson. A cena acontecia nas cadeiras dos engraxates, uma unidade insignificante do estúdio. Nós a observamos pelos olhos avermelhados de Pat Hobby, que estava sentado na cadeira ao lado do diretor Dale.

As cadeiras ficavam no lado de fora, em frente ao restaurante. A voz de E. Brunswick Hudson tremia de arrebatamento, mas saía em volume baixo para não chegar aos transeuntes.

— Não sei o que um escritor como eu está fazendo aqui, no final das contas — ele disse, com vibrações na voz.

Pat Hobby, um veterano, poderia ter fornecido a resposta, mas não era conhecido daqueles dois.

— É um negócio engraçado — disse Dick Dale. E para o garoto engraxate: — Use aquele sabão ali.

— Engraçado! — vociferou E. — É *suspeito*! Aqui eu só escrevo o que você me pede, contrariando o meu melhor juízo, e o escritório me diz para dar o fora porque nós não conseguimos concordar.

— Isso é educado — explicou Dick Dale. — O que você quer que eu faça, que eu te bote no chão?

E. Brunswick Hudson tirou os óculos.

— Tente! — ele sugeriu. — Eu peso setenta e três quilos e não tenho nada de carne no corpo — ele hesitou e reparou aquele exagero. — Quero dizer, de *gordura*.

— Ah, que se dane! — disse Dick Dale com desdém. — Não posso brigar com você. Tenho que dar um jeito nesse filme. Você pode voltar para a Costa Leste, escrever um dos seus livros e esquecer disso — momentaneamente ele olhou para Pat Hobby, sorrindo como se *ele* fosse entender, como se qualquer pessoa, a não ser E. Brunswick Hudson, fosse entender. — Não posso te falar tudo sobre filmes em três semanas.

Hudson recolocou os óculos.

— Quando eu escrever *mesmo* um livro — ele disse —, vou transformar você na piada da nação.

E se retirou, ineficiente, desconcertado e derrotado. Passado um minuto, Pat falou:

— Esses caras nunca conseguem entender o espírito — comentou. — Nunca vi um deles entender o espírito, e estou nessa indústria, com publicidade e com roteiros, há vinte anos.

— Você trabalha no estúdio? — Dale perguntou.

Pat hesitou.

— Acabei de terminar um trabalho — ele disse.

Isso aconteceu cinco meses antes.

— E você tem quais créditos? — Dale perguntou.

— Eu tenho créditos desde 1920.

— Passe no meu escritório — Dick Dale disse. — Tenho uma coisa que eu gostaria de conversar a respeito, ainda mais agora que esse cretino voltou para a fazenda dele na Nova Inglaterra. Por que é que eles precisam arrumar uma fazenda na Nova Inglaterra, com todo esse Oeste desocupado?

Pat deu a sua penúltima moeda de dez centavos para o engraxate e desceu da cadeira.

## II

Estamos em meio a minúcias técnicas.

— O problema é que esse compositor, Reginald de Koven, não tinha nada de chamativo — disse Dick Dale. — Ele não era surdo como Beethoven, nem um garçom cantor, nem foi parar na cadeia ou coisa assim. Tudo o que ele fazia era compor música, e tudo o que temos de ideia é essa canção *Oh, prometa-me*. Temos que criar alguma coisa em torno disso, uma dama promete alguma coisa para ele e no final ele recebe.

— Preciso de um tempo para pensar nisso — disse Pat. — Se Jack Berners me colocar no filme...

— Ele vai colocar — disse Dick Dale. — A partir de agora eu escolho meus próprios roteiristas. Quanto você ganha... mil e quinhentos? — ele olhou para os sapatos de Pat. — Setecentos e cinquenta?

Pat o fitou sem expressão por um momento e então, do nada, apresentou sua melhor obra de ficção imaginativa na última década:

— Eu me envolvi com a mulher de um produtor — ele disse. — E eles me marcaram. Só me pagam trezentos e cinquenta agora.

Em alguns aspectos era o trabalho mais fácil da vida de Pat. O diretor Dick Dale era um tipo que, há cinquenta anos, poderia ser encontrado em qualquer cidade americana. Geralmente era o fotógrafo local, com frequência criador de pequenos dispositivos mecânicos e líder de bizarros movimentos da região, quase sempre se prestando a contribuir com alguns versículos para a imprensa local. Todas as encarnações mais enérgicas desse "tipo excêntrico" haviam migrado para Hollywood entre 1910 e 1930, e lá tinham conquistado uma satisfação psicológica inconcebível em qualquer outro tempo ou lugar. No fim, e em larga escala, eles conseguiam ter as coisas do seu jeito. Nas semanas que Pat Hobby e Mabel Hatman, a redatora de roteiros do Sr. Dale, sentavam-se ao lado dele e trabalhavam no roteiro, não havia nenhum movimento e nenhuma palavra que não fosse cunhada por Dick Dale. Pat até arriscava uma sugestão, algo que era "sempre bom".

— Só um minuto! Só um minuto! — Dick Dale ficava de pé, com as mãos espalmadas. — Parece que estou vendo um cachorro — e eles aguardavam, tensos e sem fôlego, enquanto ele via o cachorro.

— Dois cachorros.

Um segundo cachorro foi para o seu lugar ao lado do primeiro nas suas obedientes visões.

— Abrimos com um cão em uma coleira. Recuamos a câmera para mostrar outro cachorro. Agora estão avançando um no outro. Recuamos mais ainda. As coleiras estão amarradas a mesas. As mesas viram. Percebem?

Ou então de forma completamente inesperada.

— Vejo De Koven como um aprendiz de gesseiro.

— Sim — esperançosos.

— Ele vai ao Santa Anita e reboca as paredes com gesso, cantando no trabalho. Anote isso, Mabel — e ele continuava...

Em um mês, tinham as necessárias cento e vinte páginas. Reginald de Koven, ao que parecia, ainda que não fosse alcóolatra, gostava muito da "garrafinha marrom". O pai da garota que ele amava havia morrido por causa da bebida e, depois do casamento, quando ela o encontrou bebendo a tal garrafinha marrom, nada mais poderia fazer a não ser ir embora por vinte anos. Ele ficou famoso e ela cantou as músicas dele como Maid Marian, mas ele nunca soube que era a mesma garota.

O roteiro, marcado como "Temporariamente Concluído. Por Pat Hobby", foi para a chefia. O cronograma exigia que Dale começasse a filmar em uma semana.

Vinte e quatro horas depois, ele estava sentado com sua equipe no seu escritório, em um clima de cinzenta melancolia. Pat Hobby era o menos deprimido. Quatro semanas a trezentos e cinquenta, mesmo considerando os duzentos que escaparam no Santa Anita, era uma longa distância dos vinte centavos que ostentava na cadeira do engraxate.

— O cinema é assim, Dick — ele disse, com ar consolador. — Uma hora você está no topo, outra hora, embaixo. Uma hora está dentro, outra hora está fora. Qualquer veterano sabe.

— Claro — disse Dick Dale, distraído. — Mabel, ligue para aquele E. Brunswick Hudson. Ele está na sua fazenda na Nova Inglaterra, talvez ordenhando abelhas.

Em poucos minutos, ela trouxe a informação.

— Ele desembarcou em Hollywood hoje de manhã, Sr. Dale. Eu o localizei no Beverly Wilshire Hotel.

Dick Dale pressionou o ouvido contra o telefone. Sua voz foi suave e amistosa quando disse:

— Sr. Hudson, um dia você teve uma ideia que eu gostei. Disse que ia escrevê-la. Era a respeito de um tal de De Koven roubando as músicas de um pastor de ovelhas do Vermont. Você se lembra?

— Sim.

— Bom, Berners quer começar a produção imediatamente, ou não vamos conseguir o elenco, então estamos com a corda no pescoço, se é que você me entende. Por acaso você já tem o material?

— Você se lembra de quando eu te levei o material? — Hudson perguntou. — Você me deixou esperando por duas horas, e depois olhou por dois minutos. Seu pescoço estava doendo, acho que precisava de uma massagem. Nossa, como seu pescoço doía. Foi a única coisa boa que aconteceu naquela manhã.

— No cinema...

— Fico muito contente por você estar encrencado. Não contaria a você a história de *Cachinhos dourados* nem por cinquenta mil.

Quando os telefones foram desligados, Dick Dale se virou para Pat.

— Malditos roteiristas! — ele disse com ferocidade. — Quanto nós pagamos para vocês? Milhões, e vocês escrevem um monte de bobagem que eu não posso fotografar e ficam magoados se eu não leio a porcaria do material de vocês! Como é que a pessoa vai fazer filmes quando dão para ela dois cretinos como você e Hudson? Como? O que você acha... Seu vagabundo beberrão!

Pat se levantou, deu um passo em direção à porta.

— Ele não sabia — disse.

— Saia daqui! — esbravejou Dick Dale. — Você não está mais na folha de pagamento. Caia fora do estúdio.

O destino não havia dado a Pat uma fazenda na Nova Inglaterra, mas havia um café bem em frente ao estúdio, onde sonhos bucólicos desabrochavam em garrafas quando se tinha dinheiro. Ele não gostava de sair do estúdio, que durante muitos anos havia sido um lar para ele, assim retornou às seis da tarde e foi para a sua sala. Estava trancada. Viu que já tinham reservado para outro roteirista: o nome na porta era E. Brunswick Hudson.

Ele passou uma hora no restaurante, fez outra visita ao bar e uma espécie de instinto o levou a um pavilhão onde havia o cenário de um quarto. Passou a noite em um sofá que tinha sido ocupado por Claudette Colbert com seus mais fofos babados justamente naquela tarde.

A manhã foi mais desoladora, mas ele tinha um pouco na sua garrafa e quase cem dólares no bolso. Os cavalos estavam correndo no Santa Anita e ele poderia dobrar isso até a noite.

No caminho para fora do estúdio, ele hesitou ao lado da barbearia, mas se sentiu nervoso demais para fazer a barba. E então parou, pois da direção das cadeiras dos engraxates ele ouviu a voz de Dick Dale.

— A Srta. Hatman encontrou o seu outro roteiro, e acontece que ele é propriedade da companhia.

E. Brunswick Hudson estava de pé em frente às cadeiras.

— Não vou usar o meu nome — ele disse.

— Tudo bem. Vou colocar o nome dela. Berners acha que é ótimo, se a família De Koven acatar. Que diabo, o pastor jamais ia conseguir vender aquelas músicas de qualquer jeito. Já ouviu um pastor de ovelhas tentando arrancar um trocado da ASCAP?

Hudson tirou seus óculos.

— Eu peso setenta e quatro...

Pat se aproximou.

— Vá se alistar no exército — disse Dale com desdém. — Não tenho tempo para brigar. Tenho um filme para fazer — seus olhos pousaram em Pat. — Olá, veterano.

— Olá, Dick — disse Pat, sorrindo. E então, percebendo a vantagem do momento psicológico, ele arriscou: — Quando é que vamos trabalhar?

— Quanto é? — Dick Dale perguntou para o garoto que engraxou seus sapatos, e então para Pat: — Tudo já foi feito. Prometi a Mabel um crédito de roteirista há muito tempo. Venha me visitar quando você tiver uma ideia.

Ele acenou para alguém ao lado da barbearia e saiu depressa. Hudson e Hobby, homens das letras que nunca haviam se encontrado antes, fitaram-se mutuamente. Havia lágrimas de raiva nos olhos de Hudson.

— Escritores quebram a cara por aqui — Pat disse com compaixão. — Jamais deveriam vir para cá.

— Quem ia fazer as histórias? Esses palermas?

— Bom, não são os escritores, de qualquer forma — disse Pat. — Eles não querem escritores. Querem roteiristas. Como eu.

# PAT HOBBY NOS TEMPOS DA
# UNIVERSIDADE

*PAT HOBBY'S COLLEGE DAYS*
MAIO DE 1941

## I

A tarde estava escura. Os paredões do cânion de Topanga se erguiam, perpendiculares, em ambos os lados. Sair dali era o que ela precisava. O bate-bate no banco de trás a assustava. Evylyn não gostava nem um pouco do trabalho. Não era isso que ela tinha ido fazer ali. Então, pensou no Sr. Hobby. Ele acreditava nela, confiava nela, e ela fazia isso por ele.

Mas a missão era árdua. Evylyn Lascalles deixou o cânion e passou pelas inóspitas margens de Beverly Hills. Diversas vezes entrou em becos, diversas vezes estacionou ao lado de terrenos baldios, mas sempre algum pedestre ou vagabundo a jogava de volta em um estado de nervosa ansiedade. Em certa ocasião, o seu coração quase parou quando ela foi observada com entusiasmo (ou seria desconfiança?) por um homem que parecia ser um detetive.

— Ele não tinha direito de me pedir isso — ela disse para si mesma. — Nunca mais. Vou dizer isso a ele. Nunca mais.

A noite caía rapidamente. Evylyn Lascalles nunca a tinha visto cair tão depressa. De volta ao cânion, enfim, para a vida livre e selvagem. Ela conduziu o veículo por um corredor colorido, que deu os últimos tons pastéis ao dia. E alcançou uma relativa segurança em uma curva cuja vista dava para um planalto lá embaixo.

Ali não poderia haver complicações. Ao atirar cada item de cima do penhasco, aquilo tudo deveria ficar distante, como se ela estivesse em outro estado.

A Srta. Lascalles era do Brooklyn. Quis muito vir para Hollywood trabalhar como secretária num estúdio de cinema. Agora, no entanto, desejava nunca ter saído de casa.

De volta ao trabalho, de todo modo. Ela precisava se livrar da sua carga antes que aquele próximo carro passasse pela curva.

## II

Enquanto isso, o seu empregador, Pat Hobby, estava em frente à barbearia falando com Louie, o bookmaker do estúdio. As quatro semanas de Pat ganhando duzentos e cinquenta terminariam amanhã e ele já começava a ter o molesto e pavoroso sentimento daqueles que vivem sempre no limite da solvência.

— Quatro malditas semanas com um roteiro ruim — disse ele. — É tudo o que eu consegui em seis meses.

— Como é que você vive? — perguntou Louie, sem demonstrar muito interesse.

— Eu não vivo. Os dias passam, as semanas passam. Mas quem se importa? Quem se importa, depois de vinte anos?

— Você teve seus bons momentos no auge — Louie o lembrou.

Pat olhou para uma figurante trajando um cintilante vestido de lamê.

— Claro — ele admitiu. — Fui casado três vezes. É tudo que alguém quer.

— Está dizendo que *aquela ali* foi uma das suas esposas? — perguntou Louie.

Pat espiou o vulto que desaparecia.

— Nã-ão. Não disse que era *aquela ali*. Mas tive várias delas vivendo às custas do meu bolso. Mas agora não mais, um homem de quarenta e nove anos não é considerado humano.

— A sua secretária é uma gracinha — disse Louie. — Escute, Pat, vou te dar uma dica.

— Não posso apostar — disse Pat. — Só tenho cinquenta centavos.

— Não é esse tipo de dica. Ouça essa. Jack Berners quer fazer um filme sobre a UCO porque ele tem um filho que joga basquete lá. Ele não consegue arranjar uma história. Por que você não vai falar com Doolan, o superintendente de esportes da UCO? Aquele superintendente me deve três mil nos cavalinhos, e talvez ele possa te dar uma ideia para um filme de universidade. E aí você traz e vende para o Berners. Você está recebendo salário, não está?

— Até amanhã — disse Pat, melancólico.

— Fale com Jim Kresge, que fica na loja de artigos esportivos do campus. Ele vai te apresentar ao superintendente de esportes. Olha, Pat, eu tenho que fazer uma cobrança agora. Só não esqueça, Pat, que Doolan me deve três mil.

### III

Aquilo não se mostrou promissor para Pat, mas era melhor que nada. Ao voltar para pegar seu casaco no prédio dos roteiristas, ele chegou a tempo de atender um telefone que berrava.

— É Evylyn — disse uma voz trêmula. — Não consigo me livrar disso hoje à tarde. Todas as estradas estão cheias de carros.

— Não posso falar sobre isso aqui — disse Pat rapidamente. — Tenho que ir na UCO para conversar sobre uma ideia.

— Eu tentei — ela lamentou. — E *tentei*! E toda vez aparece um carro...

— Ah, por favor!

Ele desligou, tinha muita coisa para pensar.

Por anos, Pat vinha acompanhando as proezas dos Troianos da USC e os feitos quase tão sensacionais dos Montanhas-Russas que representavam a UCO, a Universidade da Costa Oeste. Seu interesse não era tanto fisiológico, tático ou intelectual, e sim matemático. Os Montanhas, porém, custaram muito a ele nos seus anos de sucesso — foi por isso que ele chegou com um ar de incerta propriedade ao suntuoso campus.

Ele localizou Kresge, que o conduziu até o superintendente Kit Doolan. O Sr. Doolan, um famoso ex-jogador de futebol americano, estava com um humor excelente. Com cinco negros gigantes no seu plantel, nenhum deles velho o bastante para receber aposentadoria, mas todos homens experientes, sua equipe tinha o caminho livre para conquistar o título.

— É um prazer ajudar o seu estúdio — ele disse. — É um prazer ajudar o Sr. Berners, ou Louie. O que posso fazer pelo senhor? Quer fazer um filme? Bom, sempre é interessante termos publicidade. Sr. Hobby, tenho uma reunião com o comitê da faculdade em cinco minutos e talvez o senhor queira contar para o pessoal qual é a sua ideia.

— Não sei — disse Pat, inseguro. — O que eu pensei é que talvez nós pudéssemos bater um papo. Poderíamos ir a um lugar e tomar umas.

— Infelizmente não posso — disse Doolan, jovial. — Se esses sabichões sentirem cheiro de bebida em mim... Rapaz! Venha comigo na reunião, alguém está afanando relógios e joias no campus e temos certeza que é um estudante.

O Sr. Kresge, tendo cumprido o seu papel, levantou-se para sair.

— Tem algo bom para o quinto páreo de amanhã?

— Eu não — disse o Sr. Doolan.

— E o senhor, Sr. Hobby?

— Eu não.

## IV

Encerradas suas alianças com o submundo, Pat Hobby e o superintendente Doolan caminharam pelo corredor do prédio da Administração. Do lado de fora do gabinete do reitor de assuntos estudantis, Doolan disse:

— Assim que eu conseguir, vou te chamar e te apresentar.

Não sendo um representante autorizado nem de Jack Berners, nem do estúdio, Pat aguardou com certo mal-estar. Não estava com vontade de enfrentar um grupo de intelectuais. No entanto, ele lembrou que trazia um humilde, ainda que reconfortante, produto no seu puído casaco. A assistente do reitor tinha se ausentado da mesa para fazer anotações da reunião e assim ele repôs suas calorias com um gole longo e engasgado.

Um momento depois, houve um suscetível ardor e ele se acomodou na cadeira, com os olhos fixados no letreiro da porta:

*Samuel K. Wisketh*
REITOR DE ASSUNTOS ESTUDANTIS

Podia ser um encontro um tanto quanto formidável.

Mas por quê? Havia gente empolada lá, todo mundo sabia disso. Eles tinham diplomas universitários, mas isso podia ser comprado. Se batessem uma bola com o estúdio, eles receberiam uma publicidade muito boa para a UCO. E isso significava salários maiores para eles, não é mesmo? E mais grana?

A porta para a sala de reuniões foi aberta e fechada, tentadora. Ninguém saiu, mas Pat endireitou a postura e se preparou. Representando a quarta maior indústria dos Estados Unidos, ou *quase* representando, ele não poderia deixar um monte de almofadinhas olharem para ele com desprezo. Não é como se ele não tivesse uma visão interna do mundo da educação superior, já que, na sua juventude, ele havia sido uma autoridade na fraternidade Delta Kappa Epsilon, na Universidade da Pensilvânia. E, com um encorajador chauvinismo, ele se garantiu que a experiência na Pensilvânia era suficiente para superar esse empreendimento pioneiro.

A porta se abriu. Um jovem agitado e com gotas de suor na testa saiu a passos largos e desapareceu. O Sr. Doolan parou calmamente na entrada.

— Certo, então, Sr. Hobby — ele disse.

Não havia nada a temer. Memórias dos velhos tempos de universidade continuavam a inundar o pensamento de Pat enquanto ele entrava. E, instantaneamente, o néctar da confiança correu pelo seu organismo, ele teve a sua ideia...

— É uma ideia mais realista — dizia ele cinco minutos depois. — Entenderam?

O reitor Wiskith, um homem alto e pálido com um aparelho de surdez, pareceu entender, ainda que não exatamente para aprová-la. Pat martelou o seu argumento outra vez.

— É o que há de mais novo — ele disse, paciente. — O que a gente chama de "tema atual". Vocês admitem que aquele fedelho que saiu agora estava roubando relógios, não admitem?

Todos do comitê da faculdade, com exceção de Doolan, trocaram olhares, mas ninguém o interrompeu.

— Aí está — seguiu Pat, triunfante. — Vocês o entregam aos jornais. Mas surge uma reviravolta. No filme que a gente vai fazer é revelado que ele rouba os relógios para sustentar o irmão mais novo, e o irmão mais novo é a espinha dorsal do time de futebol americano! Ele é o principal corredor. Nós provavelmente vamos tentar Tyrone Power, mas vamos usar um dos *seus* jogadores como dublê.

Pat hesitou, tentado pensar em tudo.

— É claro, vamos ter que lançar o filme nos estados do Sul, então teria que ser na verdade um dos seus jogadores brancos.

Houve uma pausa inquietante. O Sr. Doolan veio em salvação.

— Não é má ideia — sugeriu ele.

— É uma ideia apavorante — desatou o reitor Wiskith. — É...

O rosto de Doolan se contorceu devagar.

— Espere um pouco — ele disse. — Quem está falando para quem aqui? Ouçam o que ele tem a dizer!

A assistente do reitor, que tinha sumido há pouco da sala, ao toque de um interfone, reapareceu e começou a sussurrar no ouvido do reitor. Ele se retesou.

— Um minuto, Sr. Doolan — ele disse, e voltou-se aos outros membros do comitê.

— O inspetor está com um caso disciplinar no lado de fora e não tem base legal para deter a parte infratora. Podemos resolver isso primeiro? E então voltaremos a essa... — ele fitou o Sr. Doolan — a essa ideia absurda.

Após Doolan concordar, a assistente abriu a porta.

Esse inspetor, pensou Pat, retornando aos seus dias no frondoso campus coberto por vinhas, parecia-se como todos os outros inspetores, um policial intimidado, um predador que mal fora civilizado.

— Cavalheiros — o inspetor disse, com delicada modulação de respeito. — Tenho algo aqui que não pode ser explicado agora — ele balançou a cabeça, perplexo, e então continuou: — Eu sei que é errado, mas não consigo achar uma explicação. Gostaria de entregar a *vocês*... Vou apenas mostrar-lhes a evidência e a infratora... Pode entrar.

Quando Evylyn Lascalles entrou, acompanhada logo em seguida por uma grande e tilintante fronha de travesseiro, que o inspetor depositou ao lado dela, Pat de novo pensou no campus coberto de olmos da Universidade da Pensilvânia. Desejava ardentemente estar lá. Desejava mais do que qualquer coisa no mundo. Além desse anseio, ele desejava que as costas de Doolan, por trás de onde ele tentava se esconder ao mover a cadeira, fossem ainda mais largas.

— Achei o senhor! — ela exclamou com gratidão. — Oh, Sr. Hobby, graças a Deus! Eu não consegui me livrar delas... E não podia levá-las para a casa... Minha mãe ia me matar. Então vim aqui para me encontrar com o senhor, e esse homem se meteu no banco de trás do meu carro.

— O que é que tem nesse saco? — questionou o reitor Wiskith. — Bombas? O quê?

Segundos antes do inspetor pegar o saco e despejar o conteúdo no chão, fazendo um som claro e inconfundível, Pat poderia ter contado a eles. Eram soldados mortos: garrafas de meio litro, garrafinhas, garrafas de um litro, a evidência de quatro semanas apertadas a duzentos e cinquenta, garrafas vazias coletadas das gavetas da sua sala. Já que seu contrato terminaria no dia seguinte, ele achou melhor não deixar essas testemunhas para trás.

Procurando uma saída, sua mente resgatou pela última vez aqueles despreocupados dias de encrenqueiro na Universidade da Pensilvânia.

— Eu levo isso — ele disse, levantando-se.

Jogando o saco por sobre o ombro, olhou o comitê e surpreendentemente disse:

— Pensem a respeito.

## V

— Nós pensamos — disse o Sr. Doolan para sua esposa naquela noite. — Mas nunca entendemos nada daquilo tudo.

— É meio assustador — disse a Sra. Doolan. — Eu espero que eu não sonhe com isso hoje. Esse pobre coitado com o saco. Acabo pensando nele indo para o purgatório, e que lá eles vão fazer com que ele entalhe um navio em *cada uma* daquelas garrafas antes de deixar o sujeito ir para o paraíso.

— Pare! — disse Doolan rapidamente. — Você vai *me* fazer sonhar com isso. Eram garrafas demais.

Título original: The Pat Hobby stories

**CONSELHO EDITORIAL**
Eduardo Krause, Gustavo Faraon,
Luísa Zardo, Rodrigo Rosp e Samla Borges
**TRADUÇÃO**
Hilton Lima
**PREPARAÇÃO**
Davi Boaventura e Samla Borges
**REVISÃO**
Rodrigo Rosp
**CAPA E PROJETO GRÁFICO**
Luísa Zardo

---

**DADOS INTERNACIONAIS DE
CATALOGAÇÃO NA PUBLICAÇÃO (CIP)**

F553h Fitzgerald, F. Scott.
As histórias de Pat Hobby / F. Scott Fitzgerald ;
trad. Hilton Lima. — Porto Alegre : Dublinense, 2022.
160 p. ; 21 cm.

ISBN: 978-65-5553-075-9

1. Literatura Norte-Americana. 2. Contos
Norte-Americanos. I. Lima, Hilton. II. Título.

CDD 813.5 • CDU 820(73)-34

Catalogação na fonte:
Ginamara de Oliveira Lima (CRB 10/1204)

---

Todos os direitos desta edição
reservados à Editora Dublinense Ltda.

Porto Alegre • RS
contato@dublinense.com.br

Descubra a sua próxima
leitura em nossa loja online

**dublinense** .COM.BR

Composto em DANTE e impresso na BMF,
em PÓLEN 70g/m², em NOVEMBRO de 2022.